真理是朴素的

王京生 著

作家出版社

目 录
CONTENTS 1

2 CONTENTS

CONTENTS

4 CONTENTS ————————————————————————————

CONTENTS

6 CONTENTS

CONTENTS

新版序：为朴素拍个手！

南方朔

深圳、香港、上海、台北有个四城市文化论坛的组织，一年一会，至今已超过了十年。

这四个城市各有特色，可算是相当异质。有一年的会议主题是"城市的传统"，各城市并就主题各提供一段纪录影片。由纪录片即显示了各城市自我认知的差异。香港文化人有极高的国际化水准，但九七后香港显然出现了认同危机。它的纪录片还有强烈的后现代犬儒风格。台北则是传统复杂，但近年的台湾却少了鲜明的自我定位，遂只能将它的复杂传统对文化生活的影响，以平实的方式呈现；它很亲切宜人，但换个角度言，它在平实中却也予人欠缺了某种精神性的平庸之感。而至于上海，它成了中国的头号样板都市，遂难免多少有点自大浮

1

夸。最独特的乃是深圳，它历史传统短浅，没有什么可以自吹自擂的成分，只能表现它很平常的生活方式，有小小的自傲，有平凡的上进。这个没什么传统的移民城市，因为没有传统的负担，反而轻松自在，步履也才走得更快。那次谈传统的会议，其他城市在那里侃侃而谈，深圳的朋友反而是怯怯的有点过分的谦卑。我就指出，传统的重量有时反而是负担，深圳的幸运可能就是它少了许多有传统就会有的壮烈、悲怆、缅怀、做作与守旧。这反而使深圳多出了平淡、务实、切事、上进的风格。

我近年读书，愈来愈有一种独特的认知。我认为每个时代都有少数几个生长点，它不可能是中心城市，因为中心城市有太多力量会相互抵消；也不可能太过偏僻，各种力量都不足；一定要地点适宜，才可人文荟萃。我这个观念是来自近年读启蒙运动的启发。

近代人类最大的成就乃是启蒙运动、浪漫主义和工业革命。而带动这波发展的不是欧洲既有的那些中心都市，而是相当边陲后进的苏格兰。苏格兰在文艺复兴时还是极落后的地区，但从18世纪起却快速发展，成了带动变化的新中心。我的理解是：

（一）苏格兰人重视识字及阅读，并养成对知识充满好奇心的欲望。苏格兰的不同从阅读开始。

（二）我们研究苏格兰的启蒙，当可发现它那时的哲学、神学、文学都有一个最大的特色，那就是朴素。朴素是知识不离开常识，有一种经验的整体性特质。如果我们回头去读启蒙时代的主要著作，就会发现他们谈问题比较实在，没有东拉西扯的玄学腔，也不太会咬文嚼字，甚至那时的文学也很朴实。易言之，就是那个时代的风格已符合了理性及科学的原理原则，没有虚骄的色彩。这种切事的理性态度，自然而然地符合了后来所谓的"现代性"。难怪启蒙时代令各类知识会快速发展，科学技术也突飞猛进了。

正因对理性启蒙那个时代极为尊敬，所以我对那个时代的朴素风格遂很喜欢。朴素是一种单纯，

3

单纯的讲理，单纯的上进，正因单纯，才不会浮夸，也才会务实，也才会进步。中国若要进步，就必须发扬朴素的力量。我一向认为，将来的中国南方一定会在中国的发展上扮演重要角色，我对深圳即有这样的期待。

因此，当读到王京生这本《真理是朴素的》时，我的感觉其实是相当惊讶的。

（一）近年来，欧风美雨已影响到全体华人世界，人们写文章已出现一种新文艺腔，文辞华丽，文意闪烁，他们宣称是文化多元主义，其实却是用来掩饰他们的人生缺乏了热情、信念与努力的目标。美国当代主要思想家雅可比（Russell Jacoby）在他那本著作《乌托邦和近视症》里就举了好几个例子说，当今的人只会夸夸而言，其实却连一篇可读的文章都写不出来。这种现象在中国亦然。而王京生先生的这本著作却没有那种晦涩的文艺腔，它抒情平顺，在平顺中自有块垒，那是一种朴素。真理之所以是朴素的，乃是因为人朴素，朴素是一种生命的态度与质感，没有雕琢，自然实在，这种文章反而难写。王京生的文章虽短，但都有朴素的特性，而这正是当代及未来中国最需要的品质。

（二）现在的人总有唯我主义的倾向，喜欢独白炫学，喜欢盯着别人抒感议论，而少了相互的善意。而王京生的这本著作则有很深的相互善意，仿佛兄弟一起登山溯溪，碰到难走的路，一定要相互扶持，互相打气叮咛。王京生很喜欢用时间作比喻，季节的变换，春夏秋冬，早晨傍晚，明天昨天，他的时间比喻都颇独特，没有伤春悲秋的感伤，而是笔锋一转，就转到了生命的方向。他的心是个转动的轮子，朝着清楚的方向前行。

因此，王京生先生的这本短文集，文章虽然都不长，但都有可以延伸的空间。我最喜欢的是《走出属于自己的一步》这一篇，它虽是抒情式的说理，但也意图为深圳这个城市建构它的价值定位。今天这个世界许多人都会说，"要活出自己来"。这句话说来容易，但要活出什么样的自己却难，活出自己是要不从众，拒绝别人的赞赏，找一条别人不走的路，自我选择，自我负责，不怕这路多么难走，也要忍受孤单与误解，让以后的不同都由此而开始。王京生的这篇文章，在意境上，其实和美国诗人佛罗斯特（Robert Frost）的名诗《没有选择的那条路》可以互相参证。人生如行路，我们宁愿当个拓荒者，去走难走而没有别人走过的路，这也是王京生先生认为的深圳精神，我也盼望这样的精神！

一个城市，筚路蓝缕一路走来。它过去可能很荒凉，但人的未来从不由过去所决定，一个城市亦然。一个城市是由活着的人的愿景所决定。深圳这个城市，由四面八方的新移民所组成，新移民乃是集体性格最独特且强韧的一种人。他们刻苦耐劳，愿意试探，他们是一本打开的空白书页，每个人都是集体作者中的一员。深圳在南方，有南方的机遇。深圳以阅读来自我定位，而人们都知道，阅读乃是创造可能性的最大契机。

可能是因为年纪的关系，近两年来我都在鼓吹真善美这种启蒙的终极价值，而且做了好几次真善美的演说。中国近代最早讲真善美的是蔡元培，尔后有吴宓、胡先骕等人。真善美是一种对真理、公共之善，以及综合美感的信念；真善美是一个整体，它会让人形成一种生命的原生性动力，"离开那个我们不应该在的地方"。那是进步与升华的泉源。我以真善美为王京生的作品当注脚，也祝福深圳！

2012 年 9 月

南方朔

本名王杏庆，台湾作家，诗人，政治评论家。曾任《中国时报》专栏组主任、副总编辑、主笔，《新新闻》总主笔。著有《愤怒之爱》《另一种英雄》《语言之钥》《新野蛮时代》等。

初版序：闯荡者的文化勇气

余秋雨

已有越来越多的事实证明，中国这二十年来所出现的发展奇迹，将会在历史上留下极重要的篇章。记得十五年前有一个华裔美籍学者问我为什么不随着当时的潮流移居海外，我说："如果有一个最宏伟的故事发生在南美洲或非洲，我也会万里迢迢赶去参加。这个故事说的是，一个世间最庞大、最悠久又最苦难的民族突然有可能走向富裕和文明。谁料这个故事正巧发生在我的脚下，我的父母之邦，我怎么舍得走呢？"

我是一个不喜欢说大话的人，但是，这个故事比地球上其他地方的故事更实在，比自己历史上几百年的故事都重要，显然已不是大话。

所有奇迹般的故事中，有一个叫深圳。深圳故事的开讲者是一位已逝的智慧老人，而把这个故事说通畅、说绵密了的则是一批批拓荒者和建设者。今天深圳的繁荣景象容易使人忽略了当年闯荡者们的冒险性，以为他们当初都已预想到今天的结果。其实，当初他们身心所背负的仍然是陈旧体制的价值系统，而展现在眼前的却是未知的莽原。这些人必然是敏感的思考者和行动者，他们是靠着什么力量来调适心理并一步步走出来的呢？这是我的好奇，也是历史的悬念。相信很多年后，对这个问题的探索热情，会超过今天。

约略记得，当时在其他地方能够读到一本叫《深圳青年》的杂志，点点滴滴地透露出拓荒者们的心理风景，引起广泛的振奋。后来才知，这本杂志的负责人叫王京生，从名字就可推想也是一个来自北方的闯荡者。正像一切奇迹在完成之后才让人称道，而在发生的当时多因不同于四周而备受指责，王京生他们要同步传达闯荡者们的内心，也理所当然地蒙受过不少训斥和责问。幸好，历史渐渐站到了他们一边，或者说，他们让历史站到了自己一边。其实，这也是整个深圳历史的缩影。我们眼前这本书的作者便是王京生，可想而知，这本书也是一种群体心理的缩影。

当历史终于站到了当年闯荡者一边，当年极富冲撞性的话语就显得平淡了，这是历史的进步，却是当年思考者们的失落。思考者们总想把自己的思想变成现实，但一旦变成现实，他们作为思考者的身份也就隐退。由此才知，罗丹的《思想者》能够长久摆出那个架势，是因为在思考永远也实现不了的问题。但是，只要稍稍上了点年纪的人，还能被京生书中的一些当年命题所激动，因为这些话语还能重新引发那种卸脱几十年精神重担的痛快记忆——

别人睡着，他已苏醒；别人苏醒，他已行动……
早春的行动！
我们看海去，看变化的海，早已是不早，但，迟也不迟！

躲开苍凉悲壮的阴霾，趁着太阳露脸的时候，向着天不寒、水不冻的方向走……

我敬佩您，您是移民！

您是自己的宣言。宣布对过去一切的割舍，宣布某种追求与寄托的开始，宣布昨天的太阳属于昨天……

告别故乡而宁可选择动荡无助的生活，取得成功后又开始新的创造。有人曾经问福克纳：你为什么能够不断将烦恼抛却，那样乐观地对待人生并取得巨大成就？回答是："我永远地直视明天。"

每一个明天都是机遇。

"我的成功仅仅是因为我敢于拒绝和丢弃那些真挚的赞赏，而选择误解。"

深圳曾经是中国最有想象力的城市……这里首先

生长出观念，再生长出高楼与速度。想象力应该是它最大的无形资产。

　　我随手摘引几句，已能让读者影影绰绰地感受到当年一个庞大的闯荡者群落的思想情感激潮。这个群落从祖祖辈辈的困顿、疲惫中走出，照理应该松筋舒颜，但是困顿、疲惫的历史有深厚的积淀，这种积淀虽然没有力量推动社会发展，却有足够的本领惩处一切出格行为，因此闯荡者的思想情感激潮包含着不小的勇气，尤其是文化勇气。从京生的文笔间可以看出，当时他们的文化勇气主要表现在行动上，留给纸页的记述大多短而又短，简而又简，属于战友间相互鼓劲。但仅此已可表明，一种新的文化已在他们手中创造，只不过创造出来的是生态文化，比原先人们理解的文化开阔得多，生动得多。

　　前些年有一个年轻人读到我对深圳文化的几句赞扬便在全国报刊上大加批判，说深圳根本没有什么文化，我的赞扬只是为了博取当地领导的好感，

13

因此在人格上有问题。据说这个人也来过深圳。我当时就奇怪，怎么年纪轻轻就一点感受不到其他年轻人正在这里以自己的生命创造着崭新的生态文化？而他以为"文化"的那些东西，正是深圳文化努力要躲开的"苍凉悲壮的阴霾"，但他对这种"阴霾"似乎也不见得懂多少。对此，深圳人心里明白，即便被集体判决为没有文化也不会有一个去反驳，而只是"永远直视明天"。

其实深圳文化是很有度量的，又一次验证了天下一切闯荡者文化的天然包容性。在我深圳的朋友中，也有几位文化生态时髦而文化理念老旧，平日好好的，一提文化两字便立即鼓起鼻翼去寻嗅霉味；而另有一些朋友则相反，观念新锐而文化生态局促，敏锐地捕捉到哈佛大学或法兰克福学派的最新信息却又长年为一点点家庭琐事而徘徊海滩，不得走出。这些朋友虽然互相嘲笑却并不影响友谊。相比之下，京生没有陷于一侧，他的文化理念和文化生态都比较清新健康，这一点读者从这本书里也能看得出来。

14

应该说，深圳人中的大多数更靠近京生一路，但京生又有高于旁人的抱负和能力，那就自然成了忙人，顺便也把前面所说的那两拨朋友管起来了。

在越来越忙的情况下，我不知道京生今后还有没有时间再写一些思想札记？创造奇迹的人们总想用奇迹说话，其实，奇迹的语言是默然的，很需要更多生动的语言去注解，这也是文化创造。为什么在那些黝暗年月里的琐碎记述才是高层文化呢？再过几十年便能证明，今天拓荒者、建设者们的零散记述，其意义也许会超过现在被人看做经典的几十年前的旧诗文。从西方的雅典时代到法国大革命时期，从中国的魏晋时代到唐宋盛世，中外历史早已演示，文化的伟大之魂，多半来自时代本身的伟大。

我们也许不能为伟大的文化添枝加叶，却能为它补描几笔背景。那么，京生，还有其他朋友，如果你们不反对我对今天时代的评价，就请多记下一些什么吧。

2001 年 11 月

辑一　　　早春的行动

早春的行动

北风的呼啸，一株株赤裸的树条肃然而立，似乎是一个个永无休止的祈盼。即使南国的海也是凄清的，寂寞的海水吟唱着单调的歌曲。

仿佛一切都在驻足，一切都在思索，自然界是有它的定律的。

真正不安分的是人，尤其是被阵阵商品经济大浪搅动起来的中国人。精力、财力、眼光和梦想正汇成行动，早春的行动！

遮蔽人们视野的迷雾被阳光驱赶着风一样散去。人们眼前闪出了那么多纵横交错的希望之路。

人们不必聆听放心话和重复废话了，说放心话的清谈家越来越少，有的不知被抛到哪里去了。人们越来越专心做实在的事情。人们都在进入一个大市场，不但选择商品，还选择投资、选择单位、选择地点，选择任何健康的生活方式，当然自己也被选择。

越来越多的人绽开笑脸，笑着说："恭喜发财！"恭喜自己的祖国，自己的朋友，恭喜自己。人们奔波着、忙碌着，不断找到新的开始，而开始早春的行动。

笑语喧哗的鲁莽中透出活泼的踉跄着大步开进的早春行动。

是的，振奋的人，生气勃勃的人，手和脚都越来越受自己支配的人，对未来有着奢求与期望的人应该行动。

这些年越来越交好运的一些中国人，都是别人睡着，他已苏醒；别人苏醒，他已行动……

这便是早春的行动，这便是早春行动的意义。

习惯了观望别人，等待春天，春天走后才伸懒腰的人们，要改一改黄历了。

中国需要亿万人都参加的早春行动！

尹昌龙 点评

再谈《早春的行动》，已是八年以后的事了。

然而，八年的岁月带来的并不就是遗忘。20世纪90年代的那个早春，连同活泼的踉跄的脚步，连同它的喧哗的笑语，以及被阳光驱赶着像风一样散去的迷雾，仿佛就在眼前，仿佛刚刚发生。

那是一个人的早春，那是一群人的早春，那是一个民族的早春。回荡在这个早春的，是一个伟人的叮嘱："你们要搞快一点。"

就是在这个早春，一个民族苏醒了，希望清晰地写在脸上，而脚步坚定地踏上了征程。

我们想念这个早春，我们想念这些早起的人们，我们更想念这个民族由此开始的如日中天的美好未来。

胡野秋 点评

这个开篇是一首富有哲理的散文诗。

它伴随那个新的时代悄然而来。大自然的冬天和中国社会变革的季节一起到来，它让一个不甘陈规陋习的思想者开始行动，作者创办了一份思想启蒙刊物《深圳青年》，许多当时让人振聋发聩的观念都发端于斯。

那是一个让作者感到兴奋的早春，他要用那份早春的激情点燃别人。为此大声呐喊："中国需要亿万人都参加的早春行动。"

正因为有了"早春的行动"，深圳才缔造出"春天的故事"。

才有了今天一个神话般的梦幻都市。

深深怀念那个热得发烫的早春！

早晨，先生

早晨，先生！

无论认识与否，

都让我们用这四个字开始相互的沟通；

这是对您全天的问候，

在这片沸腾的土地，在这个辉煌的黎明。

早晨，先生！

不管昨天如何，

是心满意足，抑或心事重重；

面对新一天的太阳，

请抖落昨日的残梦，展开您真诚的笑容。

早晨，先生！

鸟儿出巢了，

帆儿出港了，

黑夜退去了，

一切在如火的黎明中诞生，

给世界一个您的信念，

用双手推出一个轰隆隆的行动。

早晨，先生！

春的孩子们在冻土层下集中，

可爱的生命也许在冰冷的土层下窒息，

但当春风吹响嘹亮的号角时，

湛蓝的天空下将响彻着千红万紫的欢呼，

您应该走出去，

将身影化作映衬新生命的彩虹。

早晨，先生！

该选择的由自己选择，

该补充的由自己补充，

早晨是拖出您新记忆的时刻，

早晨更提示您新的旅程。

早晨让灰色让开，

早晨请犹豫放行，

早晨需要明丽的注释，

早晨诞生崭新的人生！

早晨，先生！

邓康延 点评

在南方的土地，这是一声传统的问候，也是一个令北方移民新奇的字眼。清晨相遇相互问候的广东话，仅只是一个名词，把动词、形容词、虚词都省略了，简洁、自然、清新，带来一天的祝福，也带来了一本杂志开篇的气势、一方地域的气息和新生活召唤的寓意。

王绍培 点评

读《早晨，先生》的时候，隐然想起很多年前读过的郭沫若的诗《早安，中国》，两首诗的相似地方都在于青春性，两首诗的时态都是充满着希望的初始阶段，或曰：黎明；或曰：早春。黎明之前有过暗夜，但暗夜已经过去；早春之前有过严冬，但严冬已经告退。而黎明和早春，都是希望满溢，这就是一种青春性。五四时期的中国，是青春中国；三十多年前的深圳，是青春深圳。两者都有一股狂飙突进的青春意味在焉。今天的深圳，或者青春不再了；当年的创业者，现在也已经壮怀激烈。记得谁曾说过，少年多冲动而欠谋略，老年多谋略而缺冲动，如果人之既老，仍然还有冲动，就不可等闲视之。重温《早晨，先生》这样的诗篇，常常有一种感悟：青春不应该仅仅是生理上的，更应该是精神上的。

四月，我们看海去

四月，我们看海去。

夏天说早了，春天说迟了，然而，我们选择四月。

是的，报春的花朵将于四月纷纷从枝头坠落。是的，夏天才刚刚露头，还热得不够气氛，海滩也许是孤寂的，然而，我们选择四月。

因为，四月是变化的季节。

默默的春潮开始鼓动起夏的浪花，强大的暖流正铺天盖地砸向礁石，涌入海滩，春叶的幼稚转入夏的成熟，春的播种滋生着夏的繁荣。

我们喜欢这热闹前的寂寞，我们喜欢这幼稚向成熟的变化，我们看海去！

不必等到滚滚的人流都涌向海滩你再去看海，海的壮阔，不取决于岸边的喧闹；不必叹息你没有跟上春的脚步，四月的海是大自然的第二个春天，你在这个时候看海去，你便是别一种意义上的红梅。

看海去，我们看海去，看变化的海，早已是不早，但，迟也不迟！

抓住人生中的四月吧，将悲春的叹息留给残花，走向大海，迎接丰实的五月六月。

不管天时，四月，我们看海去！

董韶华 点评

本文最早见刊于《深圳青年》杂志 1991 年 4 月号卷首，至今已逾二十个春秋。

二十一年前，"马羊之交"的深圳经济特区建设正处于第二个十年的开始，但特区的"特惠"政策已变成沿海

开发区的"普惠"。能源匮乏，资金短缺，市场骤冷，人
才断层的现实把深圳逼入新的漩涡。一方面，有识之士大
声疾呼深圳要"第二次创业"；另一方面，面对全国经济治
理整顿的大环境，漩涡中心的深圳经济特区新潮暗涌、众
说纷纭。这一切，正如深圳四月初的大小梅沙，春已暮，
夏未至，浪花寂寞游人稀。

　　此前，作者从四季分明的北京来到长夏无冬的深圳，
比起北方，深圳四月的自然景色似乎乏善可陈，四月的海
滩也热得不够气氛。特区建设十年，早来的一拨看似占尽
先机，想来的一拨总也难下决心。而作者以一个深圳新移
民的敏锐，看到——四月是变化的季节，四月的海是大自
然的第二个春天。作者热情洋溢地召唤那些心动而尚未行
动的年轻人："抓住人生中的四月吧，将悲春的叹息留给
残花，走向大海。"走向新的生活。鼓动他们，趁年华正
好，"看海去，我们看海去，看变化的海，早已是不早，但，
迟也不迟！"

　　二十多年时光如水，当年的作者读者或已青春不再，
当年的少年深圳如今已迈过而立之年的门槛。但，每年的
四月，我们依然不忘看海去，看海里的云天，看海滩上的
人间四月天。

给冬天换个心情

冬天的身躯是冰冷的，夏天嘲笑着冬天；

冬天的面色是苍白的，春天嘲笑着冬天；

冬天的口袋是贫乏的，秋天嘲笑着冬天；

但是，如果给冬天换个心情呢？

推开封闭的门，迎着坚硬的风，走向空旷的野地，长啸着呼出自己的心声，积雪在你脚下飞扬着，枯木向你肃立着，一切向你没有遮拦地开放着，蓬蓬勃勃的你爆发着自己的思想，目光射穿时间的帷幕，冬天还会冰冷吗？

穿一袭鲜亮的冬装，揣着瑰丽的梦想，躲开苍凉悲壮的阴霾，趁着太阳露脸的时候，向着天不寒、水不冻的方向走，天地间只有你鲜亮的、轻轻蠕动的身影，梦想中的你坚定地调节着自己的行动，不管萧飒，不管冷清，向南、向东、向西，冬天还会苍白吗？

　　围坐在熊熊的炉火旁，沏一壶浓醇的茶，炉火映照着你与朋友的面容，一任热腾腾的友情、冷峻的思索弥漫、奔泻，向着过去发问，向着未来规划，向一切祖露的心扉，注入你的活力，热情坦诚的你融化着周围，在周围中融化，冬天还会贫乏吗？

　　换个心情，给冬天换个心情，那么，像格拉丹冬雪峰孕育长江、黄河；冬天就将成为鲜花、蝉鸣、金黄色收获的发祥地。

　　换个心情，给冬天换个心情，让冬天成为力量、梦想与行动凝聚的季节、思想的季节。

　　年华正在冬天默默地更始，冬天承接着除旧布新的任务，新的希望应该在冬天而不是春天冉冉升起。

　　我们所要做的就是：给冬天换个心情。

尹昌龙 点评

　　我们看冬天，冬天也在看我们。与其说我们给冬天换个心情，不如说冬天给我们换个心情。对于心中充满希望的人来说，放眼望去，冰雪覆盖的大陆都是思想的原野，都是梦想开始的地方。想想毛泽东在《沁园春·雪》中面对千里冰封的北国风光抒发豪情，"山舞银蛇，原驰蜡象"是冬天的景致，而"数风流人物，还看今朝"则是冬天的心情。而说到冬天，说到希望的话，雪莱的诗"冬天已经来了，春天还会远吗"则是最好的诠释了。

昨天的太阳属于昨天

您在月光下对自己的梦娓娓诉说，您像流星跃入疏阔的银河，您在阳光里升出一个明亮的微笑。

我敬佩您，您是移民！

您是自己的宣言。宣布对过去一切的割舍，宣布某种追求与寄托的开始，宣布昨天的太阳属于昨天，今天面对崭新的誓言。

您也许获得了什么，您也许正获得什么，您也许什么也没有获得。无论怎样，您是贪婪的，而生机勃勃的贪婪，正是这方土地的性格。

您很累，因为您走的是自己的路，您劳作着、奋争着、选择着、被选择着，似乎确信，路在这里不是越走越累，而是越走越轻松，看您自己。

有的人在讲述别人的事情，您只注重明天的召唤；

　　有的人在埋怨命运的摆布，您却扯弄着命运的风帆；

　　有的人在筑起的小巢里满意地啁啾，您却风尘万里奔向沸腾的浪尖！

　　您就在这里镇定地走着，迎着强劲的太平洋盛风。

　　满街是飞驰的生活，一切很喧闹又很孤独，很多彩又很单一，依然有许多的不完美缠绕着您，事业的、情感的、财富的，但这是一种新的不完美，不怕的，什么也无法抗拒一轮正在升起的太阳。

董韶华 点评

　　本文的题目源自一次向西的旅程，作者在途中首次听到了康巴汉子唱着"昨天的太阳属于昨天，明天又一个崭新的誓言"时，心有所动，回到深圳后以此为题，写下了这篇新移民的心语。

　　20世纪90年代初期，下海潮自南及北，移民潮由北至南。一拨又一拨不甘平庸的年轻人听从内心的召唤，舍弃了内地的安逸，风尘万里奔向沸腾的浪尖，奔向深圳的第二轮创业。

作者不吝以诗一般的语言赞美各色各样的新移民：他们，"像流星跃入疏阔的银河"，面对新的环境，不怕人生归零，以行动作出了自己的宣言。他们，累并快乐着，走自己选择的路，任由过去的辉煌或平淡，随着昨天的太阳西沉远去。他们的脸上，在阳光中升出明亮的微笑；他们的眼里，充满生机勃勃的贪婪。这就是 90 年代初深圳随处可见的面孔，为了一个明天的召唤，他们，不约而同告别了昨天。

也许，明天仍有许多不如意不完美；也许，明天依然一无所获，但无论怎样，没有什么力量可以阻挡明天的召唤！这些坚定决然地走在街头走在月下走在喧闹走在孤独中的新移民，正迎着强劲的太平洋盛风，一路向南，只为了明天又一个崭新的誓言。

而作者本人，正是百万新移民中永远前行的一员。

每一个明天都是机遇

每一个明天都是机遇。认识这一点使我们快乐。

蓓蕾将在明天怒放，风暴将在明天平息，雏鸟将在明天破壳，远行的人将在明天上路。就在明天，树木、群兽、海洋、土壤——天地万物完成了新的伟大释放和孕育，创造出无数的形态各异的生命。

不仅如此，随着残夜消退黎明来临，厄运成为转机，难题有了答案，沮丧让位于勇气，这是对明天抱有信心而在今天付出汗水的人终将得到的报偿。

很难想象一个对明天心存恐惧的人，能够在今天勇敢地面对生活的挑战。正是这样，明天使我们之中的勇敢者面带微笑征服困境，身心俱疲而永不言悔，告别故乡而宁可选择动荡无助的生活，取得成功后又开始新的创造。有人曾经问福克纳：你为什么能够不断将烦恼抛却，那样乐观地对待人生并取得巨大成就？回答是："我永远直视明天。"

永远直视明天！

人类不屈不挠的力量源于不断创造机遇的雄心和对明天的信赖，它使我们这个星球声音嘈杂而又生机勃勃，使追求与幸福永恒地交替出现。

感谢昨天的馈赠，正视今天的现实，但我们永远对明天无限关爱。生活不断地提醒着：沉湎过去只会在悔恨或虚荣中煎熬；过分看重眼前，可能长久挣扎在名缰利锁之中。浩荡的永不回头的江河，笔直的不断向蓝天靠近的白杨，都启示着全力以赴奔向未来的精神。

每一个明天都是机遇，这是一种生活态度，是青春独有的宣言。它显示着血脉贲张的青春力量和把握未来的信心。它是勇敢者不断超越自我所表达的观点。怯懦的人，患得患失的人，暮气沉沉的人，哪来的此等人生之豪迈与意境。

于是我们理解了泰戈尔那美丽的诗的语言："黎明，那是世界的希冀、慰藉，白昼的礼赞，每日开启东方金碧的门户。"

　　这就是明天的魅力，充满机遇的明天的昭示。

胡野秋 点评

　　无论你在意与否，明天都在那里。

　　对于明天的态度决定你的未来。

　　有人认为明天是今天的翻版，今天也是昨天的重现。因此，这些人的明天是没有色彩的；相反，对于作者而言，"每一个明天都是机遇"，他的明天是富有魅力的。

　　他把这种魅力分享给读者，很多人当年闯荡深圳，就是看了《深圳青年》这本杂志而打点行装的。他们从内地的"明日复明日"中醒来，看到了"每一个明天都是机遇"，于是他们就南飞了。

　　有个故事，面对喝剩半杯的水，悲观者认为："完了，只剩下半杯水了。"而乐观者认为："哈哈，还有半杯水呢。"于是他们的未来就注定了。

　　人生也如这半杯水，乐观者和悲观者都会面对它。

　　选择不同，结局也就不同。

敲响每一天的清醒

　　严肃的乐趣是我们的追求，因为《深圳青年》的读者都是严肃、幽默和热爱生活的，我们要创造一种与读者的相互依赖关系，在变化的时代共解迷津，而不是生活中可有可无的点缀与消遣。

　　我们看重人的尊严、智慧和爱的力量。我们相信人对命运的把握，在于博爱的胸怀和百折不挠、冒险进取的精神。我们记载成功者沉甸甸的经验和失败者的崛起，也记载不灭的亲情人情、温馨妙趣和平实无华的故事，只是为了与读者互为镜鉴，富足身心，更好地生存。

　　我们坚信每个人无限的潜质，均源于人类永恒膜拜的正义、善良、友爱、勇敢、勤劳，特别是与时俱进的人生透悟所形成的崭新观念。而在改革开放前沿和中西文化交汇点上的深圳办刊，正足以使我们与读者一起领略大陆与海外、传统与现代生活中的种种博大与微妙，并对未来的公众生活作出预言。

我们力求使刊物异彩缤纷。我们的文章有真人真事，有开阔视野的种种信息，有最新生活方式的条分缕析，有心理、生理与情感的启智，有幽默小品和对个人生活择业的服务。所有这些都摒弃清谈、说教，力求准确、言而有据。我们力求创造一种简洁、隽永、清新的文风，以珍惜读者宝贵的阅读时间。

我们愿做晨钟，敲响每一天的清醒；我们力图将人类永恒的价值观重新强调，推向生活的前台；我们追求现代节奏、现代风尚，因为我们的读者和我们一样灿烂、振奋、永恒。

董韶华 点评

本文是 1993 年 11 月《深圳青年》杂志创刊五周年的告读者书。走过五年的艰苦创业历程，杂志跃上一个新的发展平台。作者作为该刊物的主编，办刊思路更加清晰，读者定位渐渐明朗。在一片赶海潮、淘金潮中，身处热土的《深圳青年》以敲钟人的姿态走到读者之中，以另一种声音宣示了理想主义的情怀：这里的握手比较有力，这里的微笑比较持久，这里看重人的尊严、智慧与爱的力量！在举目多是铿锵口号的社会场景中，这样一句温情的表达默默地感动了读者，赢得了漂泊在外的异乡人的共鸣。

这句温情的话据说脱胎于美国西部诗人惠特曼的诗句：这里的握手比较有力，这里的微笑比较持久，这里是梦想开始的地方……

而此时此地，深圳，就是梦想开始的地方。数百万青春的面孔在流水线上，在生意场间，在每一个希望的角落里，寻梦。

有梦的地方难免有失落，失落？如何活出尊严？在人生的十字路口，谁与读者共解迷津？读者的需求就是我们的义务。从此，"敲响每一天的清醒"遂成为这本杂志的自觉使命。

在告读者书中，《深圳青年》清晰地表明了杂志的办刊追求和价值取向，肯定与时俱进的崭新观念，积极推崇新的生活方式，强调人类永恒的价值观。一句话，就是"看重人的尊严、智慧与爱的力量"。

于是，这本杂志温暖人心，成为许多心怀梦想、不甘平庸、勇于闯荡、白手创业者的一份精神食粮。

80 年代结束的时候

想起 80 年代即将结束，心中不免产生一种复杂的感觉：

中国的青年人对这光华灿烂的新纪元有些什么想法：

发财？

做官？

娶妻生子？

轮还转回，重温过去的故事。

有一种希望在你的心里吗？

一切都逝去，一切又都重现。如果逝去的没有终结，再现的没有注意，活如行尸走肉，其青春的意境竟是如此的惨淡、如此的乏味，深夜的心，将何以面对春火燃烧的躯体，云涌星驰的宇宙？

中国少年的老成是世界独见的，这老成受到儒

的赞赏、佛的赞赏，你自己呢？

改革，是物质的、经济的，更有精神的。

或问：以什么作为衡量改革成败的标准？

深圳青年中很少有悲天悯人的叹息，他们整天地忙碌。

他们不必去刻意地奉承老板，他们要付给事业巨大的热情。老板可以炒他们的鱿鱼，他们也可以炒老板的鱿鱼，机会均等。

他们不必只去寻什么科级、处级、局级的老路，有许多二十岁出头的厂长、经理并没有什么科级、处级的头衔，但他们依然堂堂正正地办公司、办企业，他们的级别是财富堆积的业绩。

他们也不太关心那宦海的沉浮，谁上了，谁下了。他们听来，似乎只是哪个厂发了，哪个厂关了，淡然处之。

于是，一个内地来的人气愤地说："这里简直是文化的沙漠！"

是吗？

不必说那灯红酒绿柔曼高雅的夜总会。

不必说那林林总总的招生启事，那奔奔波波夜读的人们。

你见到过那川流不息，排着队，花钱去登台唱歌、跳舞，令观众欣赏自己的"大家乐"吗？你见到过那座无虚席的"大家读"吗？

你见到过那腰包鼓鼓的人，在为自己的小说、诗歌不能发表而绞尽脑汁吗？

深圳诗歌的水平不怎么样，但我肯定，这里梦想获得诗人桂冠的年轻人，其比例绝不少于文化昌明的北京。

"文化沙漠！""下里巴人！"还有——"思想的侏儒！"

啊、呵呵——

可是，我却听内地的一个朋友感慨地说："人正是在思想的重压下才变成了侏儒！"

一个女人说："我是奔着希望而来，得到的却是失望。"

问题是你希望什么呢？

你希望有人与你作激烈的思想碰撞，你愿意受理性的心灵震颤，你愿上下五千年，放眼全世界地去论辩，你以挑战的目光寻觅对手，你敞开心扉接纳牢骚满腹的伙伴。也许这种人在深圳很少，你没有碰到吧，你有了失望。

你的幸抑或不幸？深圳的幸抑或不幸？

你翱翔到伶仃洋畔，这是你的勇气，你愿有"晴空一鹤排云上"的洒脱，但首先你能挺直腰板走路吗？

一个朋友告诉我，他在写自己的忏悔录，双重人格的忏悔，活得沉重的忏悔。

老诗人说："让地球的脑海去思索，让历史的航线更加分明。"

新诗人说:"假如你有一千个挑战者,那就把我算做第一千零一名。"

面对如此的豪气,深圳的青年无话,微笑着走自己的路。

邓康延 点评

那是一个令人浩然长叹的年代,思想和行动从南到北在奔跑,开放和改革从春到秋正覆盖。尤其在特区,经济上的利益驱动,有了"时间就是金钱,效率就是生命";思想上的多元碰撞,有了"我不同意你的观点,但我誓死捍卫你发言的权利"。开放,人类进步的不二法宝,普世价值,没有例外。

种族的幸运

就在六年前，我听到一个勇敢的闯深圳者骄傲地说："我的哲学是行动，知识是奢侈而多余的。"

就在三年前，一个文化人还在感叹，这个城市真是浮躁，甚至放不下一张安静的书桌。

但是，也许说这些话的人今天都在回炉——用业余时间，重新开始学习生涯。

说不清楚从哪一天勃兴的，回炉成为一种规模。它发生在拥挤不堪的工棚，也发生在宁静豪华的写字间；发生在贫寒的靠食力生活的年轻的来自农家的青年身上，也发生在志得意满蒸蒸日上被人嫉妒与羡慕的官员、老板身上。从五花八门的上岗合格证、函授的中专文凭，到大专、本科、硕士、博士、会计师、律师……几乎所有的文凭、学位、职称都有人觊觎着竞争着。

回炉热就像当年的股票热一样在这个中国最年轻的大都市中震荡。

在深圳，十个蓝领中有六个曾经或正在回炉，而在白领中是四个。平均言之，这个城市有一半左右的劳动者，在辛勤地工作一天后，还要透支精力、花费财力，艰苦地学习。这是怎样的精神与价值！

有求生存求发展的本能，有满足精神世界的需要，但更有未雨绸缪的准备。

我们生活在世纪末。世纪末的恐惧、世纪末的憧憬在每个人身上反映。我们不能不考虑，怎样跨进新世纪的大门，并担当怎样的角色。

被淘汰的恐惧与追求新的成功的憧憬都郑重要求着：你要充实。

我们依然是行动的一代，只不过这种行动有两个特征：紧迫地创业，紧迫地学习。

一个人能够不懈地学习，他是在进取，而当一代人和一个民族都有这种持续的热情时，那将是种族的幸运。

邓康延 点评

枷锁突然没了，大路朝天，手脚都好，自是人流滚滚一路呼啸。那是种族多年沉睡后的觉醒，只有能够正视不幸，才是幸；能够让民间焕发活力、政府收缩权力、市场激发竞争力、思想迸发创造力，种族才能大步提升。

六大精神

中国的改革处在方死方生中；

中国人的精神处在方死方生中。

对于十年的改革史，疾首蹙额者有之，文过饰非者有之，漠然置之者有之，时喜时悲者有之，冷嘲热骂者有之，边骂边干者有之，面上颂扬、暗里窥测，战战兢兢举步者亦有之；还有一等国民，只想分享改革得来的利益，不愿分担其中的风险，于此，尽管大闸开启，潮流一发不可止，中共中央与地方政府的决心坚定，我们对于中国国民性的落后层面，仍应持相当的警惕。

商鞅变法遭车裂，王安石变法受贬逐，康梁维新命几不保，孙文革命终于受制军阀，中国历史上的变革何以每每失败？一言以蔽之，皆源于黑幕层张的封建文化传统，中国国民中的劣根性也。此种劣根性以因循图苟且，内耗为奋斗，坐享其成为幸福，竞争风险为畏途，清谈指斥为时尚，歌功颂德抛媚眼，活如死人为最高境界，不效法祖宗为异端，起色稍见便夜郎自夸，见特立独行者便施戕厄，此一等国民性而欲图变革的顺利岂不是很困难吗？勇猛精进、新鲜活泼，欲图民族光明前途，设计别一种生活模式的可敬可爱的青年精英，可有铲除这数千年民族痼疾，荡涤那陈腐朽败者言论的横厉无前的气概？可有竟改革全功的利刃断铁、快刀理麻的精神？本刊特以"六大精神"昭告同志：

一、警醒精神

改革已经进入关键时期，关键时期的改革根本有赖于青年的警醒与努力。决定改革命运的不是哪个圣人神仙，不是哪个清官大吏，而是掌握未来的青年。青年人心所敬，即是中国未来所敬；青年之于改革的坚韧性，即是全体国民对改革的承受力与希望。在改革进入关键时期的今日，青年首先要警醒的，

就是传统文化对个人及群体的同化力及复制性；就
是那担不住传统文化对个人及群体的同化力及复制
性；就是那担不住重压的孱弱的心理状态；就是沮丧、
颓废的情绪，就是整日说着"真理"的废话，不干实事，
对改革横挑竖剔的方巾道士、大头先生；青年首先要
努力的，就是不顾一切迂儒的毁誉，力排陈腐朽败
的民族中的一切恶习，在经济、文化、政治的变革中，
无所畏惧地走在最前列，并在其中养成独立健康崭
新的人格。

二、世界精神

中国是世界的一部分，每个青年是世界的一分
子、一细胞。马克思的伟大之处在于，他没有丝毫
地囿于他的犹太人的血统，囿于他的德意志出生国，
而是以人类一分子的胸怀，关注世界的趋势与归宿。
生于 20 世纪末叶而横跨下个世纪的青年，切不可再
受那家族本位主义、狭隘民族本位主义的束缚与蛊
惑，而将人生的要义，人类共同问题的要义偏颇地看

待。既然中国的改革是一个伟大的走向世界的举动，人类的大同是一切仁人志士的目标，青年也应该具备世界精神并完美之。有了这世界精神，对于我们民族的历史、现实、未来才看得更清楚，对于一切喧呹纷纷的议论才更清醒，个人也才活得更洒脱、更有意义。是的，我爱秦晋的黄土地，我更爱太平洋的蔚蓝色；我爱意大利的烧炭党人，我更爱她的罗马俱乐部。

三、体验精神

人生就是一个大的体验过程，体验愈丰富，生命的意义就愈隆重。我国青年对于体验常常抱着一种轻视、冷漠的态度，其表现一端是盲目地轻信，另一端是轻率地否定。兴之所至，一哄而起；一瓢冷水，颓然炭灭。今日偏激者，或是明天消沉者；今日牢骚满腹者，或是明天歌德派。还有一些思想的盲流，专以嘲弄现实为风雅，以讽刺挖苦为能事，以调弄名词为时髦，夸夸其谈，有哗众取宠之心，无实事求是之意。问其理论，A、B、C 尚且语塞，征之事实，多为一叶障目的鸡毛蒜皮，并自慰慰人，"十亿人民九亿侃"。殊不知，果真如此，恐怕连饭都吃不上了，哪来的"侃大山"的力气？

再就是体验的单一性、重复性。视勃勃的青春生命如呆板的时间延续，满足于机械重复地作一种体验，很多人受了民族惰性一面的传染，直将体验作为负担，更遑论在体验中发现真善美，更遑论在更广泛的意义上体验，故终其一生也没有马斯洛描述的高峰体验。中国青年中感叹"活得没意思"的不乏其人，而躬身实践，去粗取精，力谋变化者仍嫌很少，这实是一部分青年的悲剧。自改革的福音降临，竞争、风险、挑战、机遇诸公联袂而至，已经为瑰丽的人生体验提供了舞台，至敬至贵的青年何可敬诸公而远之？任运，名剑出鞘，例难空还。青春啊，你是一株伟岸的、绿光闪闪的钻天杨，深深扎下你的根须，挺直你青铜剑的身躯，挥斩那萎靡浮浪的风气，在人生的大竞技场上作一番热血的搏斗吧！

四、实效精神

　　虚文惑众，张口一个原则，闭口一个路线，万人空巷讲歪理，举国空谈夸诡辩是 1966 年至 1976 年留给中国人的惨重教训，而且何止十年！改革的思想先导是"实践是检验真理的唯一标准"的讨论，而那句"不管白猫、黑猫，抓住老鼠就是好猫"的世人皆知的话，就是这场改革的座右铭。它足以使一辈子靠说空话、不干实事的人感到晚景的凄凉与难挨。但是，今天，空谈以尸位，空谈以压人，空谈以谋升迁者仍不乏其人。空谈为那些没本事的人装潢门面，吓唬有本事的人；为那些攀龙附凤的人提供机会，欺骗干部群众；为那些生活空虚的人增加乐趣，玩弄人们的灵魂。

　　其实，空谈者欺人而不自欺，他尽可以说一套，想一套，做一套，行动与空话分离。我们真不清楚，有什么比装腔作势唬人，而自己全然不信更猥琐可鄙的面孔！中国欲求变革的成功，有赖于全体青年彻底扫荡这种风气，树立起崭新的实效观、实效精神。

一切以有利于国计民生为准绳，有利于生产力的发展为准绳，有利于人的发展为准绳，苟不利于国计民生、生产力的发展，不管它是什么祖宗的遗制，圣贤的教训，权威的发言，任你说得天花乱坠，青年亦必唾弃之。

五、相容精神

个人对他人的态度，病态的心理表现为两端，其一端以忍为上，别人对自己的攻击、嘲弄、陷害，发现了亦不作抗争，实为无个人尊严、无血性的奴隶；另一端则表现为，对别人的行为作过多的、无必要的干涉，小者背后议论，恣意揣度、嘲谑，大者当面羞辱，比如置之死地。其手法的低劣、行为的无聊，足为文明社会所不齿。

我们反对那容忍别人侵犯自己的无血性的奴隶态度，只要个人的活动不干扰社会的生活、他人的生活，在法律许可的范围之内，他人便无权干扰，干扰者可以长舌妇、悍妇、神经病患者视之，而采取相应行动。我们亦反对对别人的过分"关心"、苛责的态度，而提倡理解基础上的相容。

相容的本质是以真诚友爱尊重的态度对待他人。青年对于老人应取兼容精神，理解他们一生积聚定型的人生态度和行为方式，予以尊重；青年对于中年或同辈应取兼容精神，理解每个人为自己设计的有利于个人发展、社会进步的各种生活模式；青年对于自己的下一代更应在现在或未来取兼容精神，使他们健康、自由、舒展地生活。你的意见仅仅是有价值的参考，绝不可以自己的年龄、阅历去代替未来社会的主人选择他们的生活道路，那也必定是徒劳的。

以"忍"为上策的处世哲学，是奴隶的哲学，懦夫的哲学；以"八亿人口，不斗成吗"为依据的处世哲学，则是一种逻辑混乱的表现。

六、求真精神

真是善与美的基础，人而不求其真，不知其何以为人；青年而不求其真，不知其青春何在。求真是人生的态度，而达其目的必须有正确的思想方法。

腐儒们畏天命，畏祖宗承伐，畏大人言，青年本无所谓畏惧，一切无常识的思维，无理由的信仰均应摒弃；腐儒们非礼勿动，非礼勿听，非礼勿视，非礼勿行，青年正应该破坏束缚个性发展、思想进步的陋习，探索一切未知的领域，悟出生活的真谛；腐儒自有一套窝窝囊囊的谋生伪习，青年正应该去掉这些伪饰，摆脱双重人格的困扰，以真实的自我向社会展示，事事求真实，求科学之真，求生活之真，是青年自觉奋斗的出发点与归宿。

董韶华 点评

这是一篇发在《深圳青年》创刊号上的社告，也是杂志的创刊词。

1988年8月，一年中最热的日子。作者为筹办一份青年刊物，离开京城奔赴热浪滚滚的深圳。创刊伊始，一切因陋就简。在闷热的斗室里，没有空调，光着膀子写；没有书桌，趴在床沿写。然而，令人焦灼的不是夏历三伏天，而是当时的政治气候，正如作者开篇即点出的那样：

"中国的改革处在方生方死中；

中国人的精神处在方生方死中。"

研究生时期曾下苦功研读过《新青年》杂志全部篇章的作者，此时，心中翻腾着当年陈独秀创办《新青年》的满腔激情，联想起陈独秀《敬告青年》的六条标准，不禁心潮澎湃，对时下的青年精英大声宣告"六大精神"。

首先是警醒精神。即警醒旧传统对青年的同化力，警醒空谈真理、不干实事的方巾道士对改革横挑竖剔。

其次是世界精神。指出青年须有世界精神，全球视界，个人才活得更洒脱，更有意义。

三是体验精神。鼓励青年走进生活，躬身实践，玩一把高峰体验，才不会辜负大好青春。

四是实效精神。强调青年以实干求得实效，鄙弃说一套，做一套。

五是相容精神。主张青年以真诚友爱尊重的态度与人相待，宽容比自由更重要。

六是求真精神。直言青年要去伪求真，去掉世俗的谋生伪习，摆脱双重人格的困扰，活出真我。

显然，"六大精神"深受陈独秀《敬告青年》中"自由的而非奴隶的；进步的而非保守的；进取的而非退隐的；世界的而非锁国的；实利的而非虚文的；科学的而非想象的"六条标准的影响。陈独秀非常重视青年对社会的作用，把青年喻作新鲜活泼的细胞，而勃勃生机的青年是国家的希望，社会的栋梁。故改造社会先要改造青年的思想观念。所以，五四前后的《新青年》以此为标杆，自觉担负起"改造青年的思想，辅导青年的修养"的重任。七十多年后，中国改革开放进入相持阶段，愿拖五十八生大炮为之前驱的《深圳青年》则以"六大精神"昭告同人，砥砺意志，以竟全功。

辑二　　唱自己的歌最响亮

唱自己的歌最响亮

不要总唱别人的歌；

别人的歌属于别人；

唱自己的歌最响亮！

不要说别人活着，我也这样活；别人的活法于别人合适，于你可能相反；别人想当官，别人想发财，别人想出国，别人要结婚，你可能看一看，想一想，但自己要怎么做，是自己的事，完全不必盲从。

别人要唱"一无所有"，那是别人的叹息，你何必跟着哼哼，一无所有并不是什么好事；别人要唱"跟着感觉走"，那是别人的想法，你有明亮的眼睛，灵活的头脑，健壮的四肢，你完全可以潇洒地跟着思想走；别人要唱"外面的世界很精彩，外面的世界很无奈"，他唱了以后可以闷头就睡，唱了白唱，你呢，你完全可以不顾什么"精彩"或"无奈"，自己一声不吭地出去看看！

大胆地唱自己的歌！无论是在舞台上，还是在生活中。

世上无用的昆虫之一是蝉。夏天枝繁叶茂的时候，它吱吱地乱叫；秋风一起就扫了精神，变成一具僵尸。整天乱唱而没有自己的音符和歌词的人，与蝉无二。无数闪光的星斗，聚成了宇宙的壮阔；每个人都能唱出响亮的音符，民族才会成为生气勃勃的团队。

从某种意义上说，自愿来深圳的人都是理想主义者。有的想脱离过去的平淡，有的想证明自己的价值，有的想解脱贫穷的压力，有的想成就壮丽的事业……于是才有艰难的跋涉，痛苦的别离，不倦的追求，不断更新的生活以及旧貌变新颜的城市与个人。为每个奋斗者与追求者设计并为他们提供唱"歌"的舞台，这就是深圳最大的诱惑所在！

青春苦短，没有自己的歌声与追求的人，只能平淡地生活并渐呈老态；而在深圳的熔炉里，一批批早来的奋斗者正铸成自己成功的气象，一批批继来的追求者正踏上成功的阶梯，他们都是自豪地唱自己歌的人，主宰自己命运的人，证明深圳精神的人。

我还要大声地宣布，深圳人绝不仅仅是一个地域的概念。他是有着某种鲜明的追求、某种使命、开拓幸福生活、自身又生气勃勃的人群的总和。你想加入这个行列吗？那么：

伸出你的双手，唱出你的热情吧。

唱自己的歌最响亮！

尹昌龙 点评

如果说写在德尔芙神庙上的"认识你自己"的名言，开启了一种思想历程的话，那么，尼采说的"成为你自己"，则直接导入了行动的计划。唱自己的歌，用自己的歌表达自己，也用自己的歌塑造自己。"是英雄把自己变成英雄，是懦夫把自己变成懦夫"，由此看来，唱自己的歌是一种勇气，一种行动，也是一种舍我其谁的承担。

今天，我们提出十六字

"学习奋斗、开拓进取、真诚友爱、创造奉献"，在深圳第三届青年十杰评选揭晓的会上，在第二个十年走到深圳人面前的时刻，在深圳——这块青年人前所未有地发挥作用的土地上，今天，团市委提出了这十六字。

为什么要提出这十六字呢？

因为深圳的青年有着自己的使命与追求，有着自己的风格，自己的力与美；因为深圳青年已经形成了一个"集团军"，"集团军"要有自己的旗帜，这十六个字就是这样一面旗帜。

这是一篇来自江南水乡、北国沃土、四面八方、闯世界、干世界的、我们深圳的、至敬至贵的、青年移民的、掷地有声的宣言。

深圳青年的宣言！

"学习奋斗"——这是宝贵青春年华最隆重的

两大使命。我们生活在瞬息万变的信息革命时代，我们是一代跨世纪的人，我们生活在特区——中国改革开放的最前沿。学习之于我们，是不竭的第一动力，是我们精神、气质、才艺的养分，是开辟未来的巨斧。当我们紧握这面巨斧的时候，加上勇敢、坚定、沉着，我们便有了指挥未来的力量，未来就将永远垂青于现实正在垂青的人们。

学以致用，于是有了奋斗。从五四新文化运动往下降七十余年，中国青年中的精粹者，有理想者，何敢一日忘记"奋斗"二字。李大钊、陈独秀等主张了"自觉奋斗"，毛泽东提倡了艰苦奋斗，奋斗成了一代又一代中国青年人生的第一要义。十年深圳的建设史就是英勇的深圳人、深圳青年的奋斗史。正所谓"革命尚未成功，同志仍须努力"，深圳青年还要继续发扬自觉奋斗、艰苦奋斗的精神。

开拓进取——这是深圳这片神奇的土地对每个青年的基本要求。没有开拓进取的精神，哪里来的三天一层楼的深圳速度，哪里来的"时间就是金钱，效率就是生命"的深圳格言，哪里来的对深圳举世瞩目的钦佩目光，哪里来的一批批翻动大潮的青年风流。开拓进取乃是深圳青年最可宝贵的品格。对于未来深圳的广大前途而言，深圳目前的建设就只不过是"脱手斩得小楼兰"，只是弹指一挥间的事情，不过是"英雄草创"而已。深圳青年的前途远大得很。敬告正在创业、条件艰苦，不稳定的我们至敬至贵的青年朋友们，更敬告享受到改革开放所带来巨大利益的年轻的深圳伙伴们，人生之璀璨辉煌，大半不是来自灯红酒绿的物质享受，而在于事业的壮丽，精神的富足。真正的人生潇洒，真正的深圳风格在开拓进取中，开拓那前人没有做过的事业，用我们的双手将深圳更高高地举起，向着国内、向着亚太、向着国际，做出伟大的"深圳证明"吧。既然你来到了深圳，你便要义无反顾地进取。在你的背后有同学同伴的目光，父老乡亲的目光，党和人民的目光。

真诚友爱——这是人类呼唤着、期待着的人际价值取向，这是深圳每个青年都应具备的行为准则。1986年，深圳团市委导演了"真诚友爱在深圳"的系列活动。一切仿佛那样遥远，一切又是那样的迫切而现实。深圳青年相信，终归会有那么一天，大海把沙漠染蓝，每个人都用真诚的心灵，给这个社会增加一丝温馨。真诚是青年做人的最基本道德，对于那些背井离乡七八个人蜗居在一起的打工仔、打工妹，对于那些驰骋在生意场上，周围尽是陌生面孔的男孩、女孩，对于那些事业红红火火，而心灵却经常孤寂的开拓者们，有什么比真诚友爱这四个字更使他们感动的呢？

创造奉献——这是青春的最高追求。生命的意义就是创造，没有创造，生命便无从体现，生命便没有价值。青春正是创造的大好时机，深圳又为年轻人的创造提供了得天独厚的条件。每个青年多一分创造，就对深圳的前途多一分奉献。如果深圳青年要发挥生力军和先锋队的作用，那么，就以奉献之心，行创造之实吧。

今天，我们提出这十六个字，今天我们发出了一个响亮的宣言，而明天，我们将托起一轮金光四射的太阳！

胡洪侠 点评

读此文，读出一份久违了的激情。那是深圳十岁时的高远与明亮，是深圳英姿勃发时期的阳刚与豪迈。一晃，深圳三十多岁了，今天如果再给年轻的深圳人提出十六字，会是什么呢？常听说深圳需要重新燃烧激情，是的，是需要，但是我们需要先找到火种。

王绍培 点评

当年深圳青年的十六字宣言，今天重读，不难发现其中蕴含的新精神。考诸中国历史，暮气沉沉者多有之，儒家传统文化当中，如此奋发激扬的气质甚罕见。如果说有之，仍然只能到五四时期去找寻一二。这种豪迈，更加类似当年一批欧洲理想主义者到美国去，意欲创建一个全新的国度。这确乎是新移民的身份激发出来的新想象，在边陲之渔镇，要开疆辟土；在蛮荒之海岸，要建功立业。其中"真诚友爱"四字，特别耐人寻味，或许，正因为来自天南地北，素不相识，所以要真诚相待；正因为要开拓进取，创造奉献，所以要彼此友爱。这十六字，对今天的深圳青年，仍然具有强烈的启示性意义。

走出属于自己的一步

有一个生长在穷乡僻壤的青年，一直被村上的老人们赞扬。他像这些人一样，老老实实种地、老老实实吃饭、老老实实睡觉，举止言行与他的淳朴父辈如出一辙，于是他被他们宠爱，一致认为他有出息。

但是，这个青年在某一天突然醒悟：我被他们赞扬，仅仅因为我同他们一样，这意味着我将像他们那样度过一生，我和这个地方都将终生贫穷。从那一天开始，这个青年有了新的生活态度，他宁可受到指责，而不愿听到赞扬。他做了许多那些村民无法理解的事情。直至有一天他被认为无可救药而离开家乡。

他今天是深圳十大青年企业家之一。当他把那个村庄很多年轻人带到这个城市，让他们将工资源源不断汇往家乡时，曾经斥责他的人沉默了。当他把家乡一所学校建成并主持开学典礼时，他对孩子和家乡的父老说了这样一句话：

"我的成功仅仅是因为我敢于拒绝和丢弃那些真挚的赞赏，而选择误解。"

在有记载的人类史上，被误解的事情还少吗？博大精深的孔子至死都被认为是不合时宜的人物。当布鲁诺主张人们拥有怀疑宗教教义的自由时，他遭到所有教徒的唾骂，被处以极刑。还有毕达哥拉斯、苏格拉底、耶稣、路德、哥白尼、牛顿……

庄严地审视那些高贵的头颅吧，欣赏他们面对流俗和误解时所发出的微笑和坚毅的神色！

玛格丽特·撒切尔回忆说：小时候，每当她问父母，为什么不可以一味模仿别人时，父母总是告诫她，跟在别人后面是一种怯懦，要做自己认为是正确的事情。这些教诲培养了撒切尔铁一般的意志，她自豪地宣告："如果一个人有信仰和想做有意义的工作，他就会遭到意见相左的人的反对，我的人生就是不断与这些人斗争的过程。"

朋友，新鲜活泼的生命是不允许在随波逐流中

被浅薄地消耗掉的。每个人都应该走出属于自己的
一步。在议论和误解面前，每个人都应该轻轻而又
坚定地说："我有勇气。"

胡野秋 点评

这是一个现实版的寓言。

一个人能否成就事业，关键在于能否走出属于自己的
一步。芸芸众生都羡慕于成功者的伟业，但他们却忘记了
这些成功者当年迈出的第一步，那一步特立独行，那一步
深陷腹诽。

平庸者与成功者的最大区别就在于，他们喜欢顺着平
坦的大路行走，每遇崎岖必绕而行之。成功者则喜欢寻找
一条新路，哪怕荆棘丛生、蛇鼠出没。孤独、误解、中伤
都不能让他们停步。

每个人都有属于自己的那一步，但真正走出那一步的
少之又少。

所以世界是公平的。

给自己叫个好

看电影《城南旧事》的时候，印象深刻的，除了小女孩那双纯净而又迷茫的大眼睛外，就是一个囚徒被押赴刑场时那声嘶力竭的一吼：

"给哥们儿叫个好！"

这囚徒一看便是草莽之人，这一吼也无非是绿林中视死如归的惯例，但他还是吼出了血性、雄性，恰如大漠之中，突然拔腾起的烟柱，使血气方刚的汉子一振，使看热闹的市民一惊。也许在目瞪口呆的看客中，就有那侠义之士，在这句话没坠地的时候，发自肺腑地爆出一个"好！"为即将饮弹的身躯壮行。

"给哥们儿叫个好！"

在这个世界上，为了你身边敢与困难拼搏的哥们儿，敢为天下先的哥们儿，敢爱敢恨的哥们儿，敢唱"不要说我们一无所有，我们要做天下的主人"的哥们儿，叫声好，那是值得的。

　　但是，我更看重的，是敢给自己叫个好。

　　那古往今来的英雄豪杰，哪一个不是为自己喝声大彩。"大风起兮云飞扬，威加海内兮归故乡"的刘邦，"天生我材必有用"的李白，"待从头收拾旧山河，朝天阙"的岳飞，"留取丹心照汗青"的文天祥，直到"数风流人物，还看今朝"的毛泽东，或者慷慨放歌，或者横槊壮吟，没有一丝矫揉，没有一点市侩，有的就是对自身力量的坚信与囊括四海的雄心。

　　敢于给自己叫个好的人，就是敢于在生活中力争上游的人。言为心声，没有恢宏大度的气概，整天患得患失，听风就是雨，全无个人主见的懦夫，是不配也不敢为自己叫好的。

　　真正地为自己吼一声不那么简单，平静无澜地苟活，何来英雄之气概。但是，并不是说只有风头正劲的人才能为自己叫好。那在艰难之中，困顿之中仍然能够独立地、锲而不舍地开创新局面的人，叫出的好，底气才足。

　　我的一些朋友，多数仍然在爬坡，他们默然前进，有坚忍不拔的气概和必定成功的信念。我要为这些朋友叫个好。更望他们为自己叫个好！

为自己叫个好！

胡野秋 点评

人有时候是渺小的，当他面对生活中不能承受之重时，尤其如此。

与绝境相对，能够爆出一声"给哥们儿叫个好！"这该是何等的气韵盖世。这样的气韵怎能不为生命黑暗的走廊点燃引路的太阳。

这篇文字通体发散出强烈的自信，它告诉你比失败更强大的是信念。它把你从人生的岔道上拉了回来，使你走在自己的那条路上，你的脉搏将和你的脚步一起跳动，你的大脑将和苍茫宇宙共同呼吸。

作者在字里行间凸显出一种"平民意识"，他关注的目光始终投向芸芸苍生，告诉"仍然在爬坡"的人们，坚持才有一切。即使站在人生的边缘，没有救生圈也会游过苦海去。

为这种刚烈叫个好！

活出你自己的精神

你为什么只会向别人喝彩，赞叹别人的业绩，诉说别人的故事？

你应该并且能够活出自己的精神。

就在今天，我看到了一个中国的残疾运动员在全场的沸腾声中创造了一项世界举重纪录。国旗升起的时候，他哭了。解说员在旁白：他是一个没有下肢的人，但他一直向世人宣告："我是最强的。"今天，他终于证实了这一点。

同样的故事还发生在一个美国人身上，他叫丹赛普，他只有一只脚，但这并没有阻止他喜欢足球运动。他的父母给他做了一只假足，他就用这只木制的假足一小时接着一小时，一天又复一天地练习，终于练得坚实有力，炉火纯青。当他如愿以偿地参加了专业球队，并在一场关键性的比赛的最后两秒钟内，在离球门63码的距离，一举破网时，整个美国为之感动了。因为这不仅仅创造了职业球队最远进球的纪录，更重要的是宣示了一种不折不挠精神的最终胜利。

这种精神其实就蓄积在我们每个人身上。它使我们在艰难中能够一往无前地跋涉并最终创造了一个个奇迹。它化成了我们生活中一系列指针，推动着我们活得更加富裕、高尚而快乐。

一个生动的生命过程就是一个又一个克服与征服的过程。但是，不论是多么伟大的征服，都必须从自己开始，从活出你自己的精神展开。

因此，古老的苏格拉底说："认识你自己。"因此，狂傲而深沉的尼采说："成为你自己。"因此，今天无数个生命呼唤："实现你自己"，"超越你自己"！

我亲爱的朋友，不要总企望别人夸赞你的容貌，你的服装，你的财富，这在人生的几十年里是一些肤浅的事情，充其量只是一些陪衬。但当人们发现并真诚地赞扬你独特而光彩四射的精神时，当他们说，老友，你的热力甚至使我也振作起来，那么，你是值得骄傲地开怀大笑的。

胡洪侠 点评

改革开放后国人的心灵史，是从重新发现自我、寻找自我、证明自我开始的。时移世易，到如今，许多曾经找到的自我又迷失了。当年那些曾经在膜拜中迷失的自我，后来又迷失在权力与金钱中。这样一种"二次迷失"让人格外痛心。我们曾经"集体迷失"。好不容易，我们可以走自己的路，谁知大道多歧，我们往往又"独自迷失"了。自己的精神？对，我们现在缺的正是"自己的精神"。我们需要把"自己的精神"从"自己的精神病"中拯救出来。

雄　性

原来听说李昌镐在日本赢了棋，韩国人兴奋得几乎全国出动上街庆贺，心中哂笑，一局棋的输赢就激起像"二次"大战胜利般的欢呼，不免小家子气了。

又见到时不时有那激愤的学生，为了一点点事就跑上街头，戴着大口罩，用石块和自制的燃烧瓶对付警察的盾牌和催泪弹，互相扭作一团，真觉得是小孩的撒野与胡闹。后来听说因施工的仓促，十几层的百货商厦竟然坍塌，砸死许多人，就连对它的经济奇迹也生了怀疑，雾里看花中的韩国不过尔尔。

在这次金融风暴中，它大伤了元气，弄得百业萧条，真像遍体鳞伤的小龙在波涛汹涌的苦海里艰难游弋。但也就是在这个时候，我见到了韩国人的品性。

一批批的韩国百姓自去年末开始，自发地到各个银行捐献和出售黄金。韩国的妇人们冒着严寒排着队，默默地把金灿灿的戒指、项链从锦袋中倒出，男士则拿出护身符般的金龟，还有人献出在汉城1988年举办奥运会时收藏的金币，一对青年恋人含着泪将所有黄金打造的首饰全部献出，在柜台前完成了他们神圣的婚礼。

为的是让政府用他们的积蓄到国际上换取美元还债，为的是颓然倒下的国家重振雄风。韩国的百姓束紧腰带，默默地舔舐着伤口，即使是减少工资，遭到解雇也克制着、隐忍着。世界注视着这一切，在注视中肃然起敬。

人的忍耐是有限度的，可以诞生柔顺、麻木或歇斯底里的发作；但人的自觉抗争是无限的，它生出的是卧薪尝胆的深虑和破釜沉舟的雄性。

这是一种纵横决荡天地间的英雄之气。

王海鸿 点评

京生是围棋业余二段，我们常在一起谈棋。第一次拆解"韩国流"的布局变化时，京生的评语是："无比难看，不雍容，不大气。"

五月，我有幸作为深圳代表参加了在上海举办的东京、汉城、台北、香港、深圳、上海六城市业余围棋邀请赛。我最后一轮的对手是汉城大学政治学系教授李成佑四段，我以2目半惜败。回深圳后给朋友们复盘，京生对对方那种"逢劫必争"的棋风未作丝毫批评，反而频频点头。倒是另一位高手调侃了我一句："棋盘要是29乘29的就好了。"

我豁然有悟："韩国流"似乎是把棋盘当成9乘9来考虑的，弈者不对未来的空间和可能抱有幻想，只想在有限范围内迅速击溃对手确定胜势。如果未遂，就纠缠到底。这看来是伊藤博文及百年前的日本教给韩国（和朝鲜）全体国民的：在民族生存的博弈游戏中，你的空间并不是想象的那么大！

从国家、民族的层面上，我们一直把棋盘看成是29乘29的。其实，起码从资源、时机两个视角看，13亿人与"命运"进行的这盘棋，其棋盘已萎缩到19乘19以内，一座城市、一个企业面对的棋盘是几乘几，就更不用说了。

王绍培 点评

"青春"和"雄性"确乎是《真理是朴素的》这本书中两个极为关键而又重要的意象。"青春"关乎希望，而"雄性"关乎血性和尊严。黑格尔把"为了赢得别人的承认"而展开的竞争乃至战争，看做是人类历史发展的根本动力，这与仅仅把人看做是为了吃饱穿暖的动物性存在，不仅大相径庭，而且是非常深刻的洞见。没有"纵横决荡天地间的英雄之气"，就不足以被别的民族认可、承认，就不足以一个享受尊严的族群自立于世界民族之林。当然，血性或者雄性，除了敢于拼死决战之外，还包括坚毅隐忍、同甘共苦等等高贵品性。黑格尔又谓地方民族奴性较强，因此英雄气概不足，这个论断或许可以争议，但用雄性去对治奴性，血性去根治惰性，则是无可置疑的灵丹妙药。

给一切进取者以掌声

    五年前，一个年轻人在武汉过着平稳而富足的生活。他的父母积聚的财产足以供他舒服地享用一生。但在一个偶然的机会，他读到了《深圳青年》，开始被一种梦想与激情唤起，最终背着简单的行囊，加入了由无数年轻人组成的移民队伍，来到了这个

城市。

据说他后来在深圳写了一本大书：《中华第五强国》；

据说他今天在深圳快乐而紧张地生活着，并且每当面临挑战与抉择时，都要看一看《深圳青年》。

当这个故事辗转传入我们耳际的时候，或者更确切地说，每天都有大量类似的故事随着信函、电波或者亲自登门造访者涌进深圳青年大厦的时候，《深圳青年》都会真诚地感动。

这本刊物曾经讲过许多许多风趣而曲折的故事，细说着各种各样的悲欢离合；她也注意时尚的变化，并将自己对潮流的观察告诉读者。这些都构成着《深圳青年》实实在在的内容。但却不可以认为这便是《深圳青年》的本质了，我们的读者都清楚，"这里看重人的尊严、智慧和爱的力量"，这才是本刊的风骨。而"赞赏进取，给一切进取者掌声"，则是我们永远引以为傲的基本价值。

世事沧桑。从 1988 年 11 月创刊至本期，《深

圳青年》已有了整整十个编辑年，我们的读者也在
缓缓地流动。你们中有的起于贫寒，历尽坎坷，终
铸辉煌；有的还在期冀与希望的路途上风尘仆仆地
行走；更多的则是宁静地工作着、生活着与思考着。
与此同时，《深圳青年》也在默默地壮大与发展。
她是深圳发行量最大的期刊，也是中国青年期刊中
发行量最大者之一。

我们给一切进取者掌声，于是我们听到了掌声
的回报。

寂寞艰辛也有春风得意似乎构成了漫漫的人生
之路。亲爱的读者，您现在正在与走过十年的《深
圳青年》同行，于是我们就都不再孤独，于是我们
都在心底升起强劲的希望。

尹昌龙 点评

对于深圳这座年轻的城市来说，十年足以造就一种传
统，形塑一种价值。

回望《深圳青年》这份杂志的十年历程，京生作为开

创者自是感慨良多。《深圳青年》一跃而成为深圳发行量最大的期刊，这固然让他自豪。但更让他引以为傲的是，这份杂志有了它的"基本价值"，这就是："赞赏进取，给一切进取者掌声。"说起十年的《深圳青年》，应该说最大的成就莫过于造就了"给一切进取者掌声"的精神传统。

如果说深圳是梦想的产物，那么《深圳青年》则是令人心动的"梦工厂"。万千移民接过《深圳青年》传递过来的梦想，开始了在深圳的进取而动荡的人生历程。一个杂志的故事因此也是一个城市的故事。

观"首届国际围棋名人混双赛决赛"有感

入眼平生何曾有，鹏城忽聚大国手。

国手各自携峨眉，攻城略地急相摧。

曹熏铉，林海峰；武宫正树请长缨。

万众屏息齐侧目，杀出千载留名聂卫平。

忆昔神州哀沉沦，十年内乱销国魂。

日韩扬扬居上游，聂圣一子定乾坤！

三国争雄成鼎足，手谈妙处非言语。

指顾黑白三十年，春愁暗暗凋朱颜。

宝刀未老试霜锋，红袖相伴会鹏城。

海峰卫平先落马，武宫熏铉争高下。

武宫先手势凌厉，经营中腹莫迟疑。

执白熏铉似示弱，搜边固角藏杀机。

君不见时或掂子微微笑，时或细思复长考。

莫测变化书不成，唯见黑白走蛟龙。

观者如山气自沮，日月岂能销兵气。

俄顷云破真相白，原来黑子安乐死！

推枰犹疑在梦中，世事如棋转头空。

局中之人梦未醒，复有新人入新梦。

王海鸿 点评

普通人的日子，是柴米油盐酱醋茶；文化人的日子，是琴棋书画诗酒花。以诗咏棋，很有文化。

这首诗在深圳棋友中流传很广，颇受赞赏。主流意见认为，它深得杜甫《观公孙大娘弟子舞剑器行》的神韵。我却觉得，它更多地与王维《老将行》有精神上的共通。《老将行》用三十句篇幅，歌颂了一位老英雄；此诗用三十六句篇幅，吟咏了四位老英雄，骨格苍劲，意境疏阔。

"日韩扬扬争上游，聂圣一子定乾坤！"可对"一身转战三千里，一剑曾当百万师。"

"指顾黑白三十年，春愁暗暗凋朱颜。"可对"自从弃置便衰朽，世事蹉跎成白首。"

"推枰犹疑在梦中，世事如棋转头空。"可对"苍茫古木连穷巷，寥落寒山对虚牖。"

　　《老将行》的结尾是："莫嫌旧日云中守，犹堪一战立功勋。"本诗的结尾是："局中之人梦未醒，复有新人入新梦。"前者雄健豪迈，后者迂回婉转。然而，思路稍作延伸，便感觉立变：迟暮的英雄无论怎样英姿勃发，岁月终究不饶人。而围棋艺术无可穷尽的"复有新人入新梦"的魅力，才决定了它永远光明的前程。这，是本诗最后的超越之处。

王绍培 点评

　　中国古典诗歌本有以诗记事之传统，有诗圣之称的杜甫尤其擅长。《观棋有感》这首诗，深得杜诗之神韵，如"忆昔神州哀沉沦，十年内乱销国魂"，"指顾黑白三十年，春愁暗暗凋朱颜"等等，充满了深刻的历史意识。而"观者如山气自沮，日月岂能销兵气"，"推枰犹疑在梦中，世事如棋转头空。局中之人梦未醒，复有新人入新梦"数句，又是极富哲学意味的人生感悟。尤其"日月岂能销兵气"一句，暗合"烈士暮年，壮心不已"的意境，读之令人感佩！

生活永远属于力争上游的人

　　青春的梦幻有赖于坚实的行动，否则，青春凋逝，梦幻破灭，心灰意懒，悔之晚矣！

　　也许自觉并坚实行动着的是深圳的青年，否则哪来的背井离乡、抛亲别故闯深圳的勇气？

　　也许实现梦幻的属于力争上游的深圳青年，否则，一夜而起的移民城何以璀璨辉煌，十年的"深圳热"何以经久不衰？

　　但是，在这样一个商品经济活跃的社会，面临着多样化的选择，深圳青年中出现了各种各样的价值取向。

　　据我们所知，以事业为第一使命的青年，在深圳为数不少，特区充满活力的机制，为一切投身其中的人提供了平等的机遇、挑战、奉献、竞争的空间，而事业至上的青年正是用聪慧的目光、辛勤的汗水捕捉和实现着自己的人生价值，为深圳锦上添花。所不同的是，在深圳，人们衡量事业成败的标准已不再是那耀眼而虚幻的头衔，说不清楚的荣誉，而是实干所建立的基业，是实现事业目标时的自我实现过程，是在个人心情舒畅前提下的对社会的奉献。这些青年在个人满意的工作岗位上，忘我地发挥着作用。

除此之外，深圳青年中也有安居乐业式的青年。他们有稳定的工作、稳定的收入、稳定的心态，一天工作之余，笑眯眯地注视着这个世界。也有视户口至上的青年，他们来自全国各地，投身特区、建设特区，同时也希望将自己的一纸通行证、暂住证换成深圳的"绿卡"。这样的青年吃苦性强、流动性大，在工作单位竭力展示才华，求得特区的接纳。也有捕捞式的青年，他们利用商品经济的活跃、灵活，或打工，或做生意，或承包部门企业，捕捉机会，捞取金钱。这些人有三强：风险意识强，敢冒风险；商品意识强，将利润放在首位；自立意识强，根据商情，不断调整自己。

深圳是鼓励力争上游的青年、诚实劳动的青年、勇于奉献的青年的，深圳有他们广阔的发展空间。因此，深圳有了一批批的青年风流，有了深圳的勃勃生机，有了包容人才的气概，有了持久的吸引力，也就有了深圳的持续跃进。

但是，深圳又应该成为一所学校，青年们在这

里应该有意识地学习成为一代新人，树立崭新的思想观念，有远大的人生理想，有驾驭自我正确方向的能力，有走向世界的气概。而在此，我们不能不提醒，深圳的某些青年脚步还不够坚实，目光还有些短浅，还应该极力使自己成为有理想、有道德、讲文明、守纪律的人。

80年代，深圳青年的特点是行动。无论是闯世界、干事业、求发展、为奉献，他们都是走在时代的前头，带着充沛的热情，过人的胆识，甚至有些可爱的鲁莽行动起来，行动起来，行动起来。于是，有了深圳的活力和整洁文明的今日。那么，进入90年代的深圳青年，应该是思考加行动的。因为，经过原始的大规模开拓之后，深圳要求青年的是精心的思考、不断的提高和更为成熟的坚实的行动，以及一种取之不竭的后劲。目光短浅可能得益于一时，但永远没有伟大的行为。

生活，永远属于力争上游的人。

两个和尚与您

也许你知道这件事：

有两个和尚，一个富，一个穷。穷和尚对富和尚说，他欲往南海一游。富和尚吃惊后讥笑道：以我的财力，准备了五年，尚且不敢动身，你一个穷家伙，凭什么能走完这来回几千里的路程？

过了三年，穷和尚再次来见富和尚，告诉了他南海之浩瀚，普陀之庄严，沿路的风光民俗。富和尚再次吃惊，但无话。

无话是小事，但他浪费了八年。

您身边也许经常有这样的事：有的人思前想后，患得患失，结果一事无成。有的人却默默地踏上征程，脱颖而出。甚至您就是其中之一的角色。

您是那个穷的，还是那个富的？

人生场上的侏儒不是娘胎里生就的，而是后天没血性，在各种条件的挤压下，不敢伸腿亮掌的萎缩儿。

"寄言立身者，勿学柔弱苗。"

胡野秋 点评

我觉得这两个和尚中的一个是我。

当然我有时候是富和尚，有时候是穷和尚。当我浪费生命的时候，我是富和尚，我在那儿没完没了地"准备"，准备的内容包括：梦想、计算、打点行装。但并不包括上路。遗憾的是，我做富和尚的时间更多一些。

但我今天更希望是穷和尚，是那个想了就做的穷和尚。

有了目标，就得上路，这好像不难理解。难的是像夸父那样不舍昼夜地逐日，为了心中的理想敢冒必死的凶厄。我想我应该这样，我想我们大家都应该这样。

作者可能没有想到，在他写作这篇文字几年之后，有一本洋人的书在国内炒得沸沸扬扬，书名叫《富爸爸，穷爸爸》。看来关于富与穷的话题，是全人类共同关注的话题。

作者好像写了篇寓言。但如果你仅把它当做寓言来读，你就错了。

炸月亮

古往今来，月亮引发出多少美丽的传说，不朽的诗文。而现在居然有人提出要把月亮炸毁。初听，确实不可思议，甚至愤怒。

然而，这是言之凿凿的事情，并且出自科学家之口。

报载，提出这个耸人听闻设想的是美国天体学家，特达华大学教授亚历山大·埃布尔。他说，如果将月球炸毁，地球的地形、地貌、气候、生态环境都将大大改变，太阳光在地面的分布将会很均匀，地球上再也不会有冰冻寒冷的冬天和炎热酷暑的夏天，那些贫瘠的沙漠、荒漠和沙滩也将会消失，气候将趋向长期稳定，四季如春，风调雨顺，植物繁茂，农牧业高速发展，人类的饥荒将成为历史的陈迹……

多么美妙的图画，亏这位科学家想得出！

我们不知道这个炸月亮、保地球的设想是否能够实现，但认真地赞扬这种敢想的精神。

当年，在深圳刚刚开发的土地上，走来一个衣衫不整、穷困潦倒的青年，他每天在码头上做搬运工的工钱是人民币八角。今天，当他创立的公司获得上亿元产值的时候，他平静地告诉人们，他的成功之路源自敢想、敢为。

还有一个祁连山下来的青年，据说来深圳时他一有空就读世界富豪列传。没有人注视这个小人物在读什么，想什么，然而，今天他所创造和拥有的财富，是祁连山人做梦也想不到的。

有许多青年给我们写信，我们每天也接触许多刚刚来深圳的人，他们绝大部分揣着自信和梦想。我们相信，许多人可能永久实现不了他们的梦想，但我们更相信，将有相当多的人由于自信和梦想而踏上成功的阶梯。

重要的是他们想了并按照自己的想法做了，这就比连想都不敢想，做也不敢做的懦者要强许多。

一个青年，连想都不敢想，那么血气方刚的青春于他还有什么意思呢？

当然，毫无根据的妄想只会坏事。炸月亮这件事据说也不是没有一点根据。譬如，人类是否有能力炸毁月亮，埃布尔教授就做了如下设想：月亮的体积比地球小得多，约为地球的1/4。而目前人类所

拥有的核武器能量已足可毁灭几十个地球，炸毁月亮自然不在话下。当然，进行这项宏伟工程，必须依靠宇宙飞船、空间站，激光、原子能爆炸装置，射电望远镜等等，并且要有一流的科技工作者的整体配合才能实现。

在论述为什么要炸月球、保地球时，埃布尔教

授提出：地球之所以一直存在恶劣的自然环境（如沙漠、风暴、严寒、酷热）是因为地球目前运行的轨道（地球中心轴线）有 60.5 度的倾斜。正是由于这种倾斜，导致南北半球气象变化莫测，形成巨大差异，使得人类千万年以来受到恶劣自然环境的折磨，如果在月球运行到地球南极处时把它炸毁，大量的月球土壤和块片就会落入太平洋，这样，就可能消除地球运转的倾斜状态。

也许，我们终于有一天在没有月亮的天空中生活？

也许，这些最终证明是一个不太高明的假设，最好让它寿终正寝，人类会找出更好的方法去为自己未来的生存奋斗。

人世沧桑，美丽的明月一直伴随着人类，当它窥视人间的时候，它的皎洁、它的清辉给多少山里的孩子以遐想，给多少红尘滚滚中生活的男男女女以安谧。月，不光是一块没有生命的球体，它已成了人类情感的一部分！

但是，不管怎样说，一个新颖的思想萌动了，将会有更多的新颖的思想继续萌动。这是人类赖以前行的不竭动力。我们赞赏提出这些设想的非凡的勇气。

我们赞赏那些总是力图改变生活，不断有所追求，把自己的一生交付奋斗的人们。

勇敢者的一生，或者壮丽，或者悲壮，爆发出的都是炫目的光彩。

邓康延 点评

齐白石至老仍刻下一方印章："痴想以绳系日。"在拙朴的白菜蚂蚱虾的画作上，来了一道闪电；特区初年"炸月亮"的一声喊，则对应了南海潮动。

不论年老年轻，不论对日对月，也不论在南在北，共生一点，狂。

今日网络界有一名言：只有偏执狂才能生存，说的就是卓尔不群、异想天开的一代。社会因之在踉跄中向前跳跃。

何为与时共进？宁愿心扉为惊奇而开，不因信条而闭。

玩一把"高峰"体验

这一年是个好年头，您感觉到了吗？

那么，何不玩一把"高峰"体验？！

体验过吗，收拾起简单的行装，踏上南下的列车，向家人朋友潇洒地一挥手，那一刻的心动，那一刻的依恋，那一刻的决然。

体验过吗，经过许多次的思考煎熬终于辞去那份不死不活的工作。终于买进了生平第一手股票。终于拿到了自己的法人执照。终于与那个不喜欢的人分手说"拜拜"……

"在成功的瞬间，所享受到的巨大的精神欢愉"

叫"高峰"体验，这是发明这个词儿的一个外国人——马斯洛说的。其实，又何必言成功，再说人们对什么叫"成功"，也有不同理解。

只要您敢于迈出自己从未走过的一步，勇敢地向生活挑战，不屈从命运的安排，做自己的主宰。那"壮士一去不复返"的果断，那"汽笛一声肠已断"的伤情，那"万丈高楼平地起"的信心，那"柳暗花明又一村"的惊喜，就都是您生命中瑰丽的一瞬。

生命在拔节，命运在转机，巨大的危机与巨大的希望并存，新生活褪去旧生命的残皮，生气勃勃地微笑着，还有比这更壮丽更震撼的内心体验——高峰体验吗？

这一年真是一个好年头，真希望您玩它一把高峰体验！

董韶华 点评

文章开篇，作者就急切地发问：1993 年是个好年头，您感觉到了吗？

　　是的，1993年的中国，特别是1993年的深圳，正经历一场观念大换血。崛起中的新价值观，极大地冲击了老旧的传统观念。机会面前，人人平等；机制方面，双向选择。在这样一个人人可以尝试的时代，在这样一个用智慧点化财富的时代，心怀梦想的青年怎会无动于衷？渴望自我实现的人怎能不玩一把"高峰"体验？于是，"我拿青春赌明天"，下海，闯出一方新天地；跳槽，跳出一个青春的火爆。舍弃铁饭碗，迈出自己从未走过的一步，勇敢地向生活挑战，只为活出一个全新的"我"成了这一年深圳的最大亮点。

　　1993年的《深圳青年》杂志则以锐不可当之势推出了一系列新观念报道，真实记录了大时代的精彩。

　　而最精彩的一页就是由深圳青年杂志社策划主办的中国（深圳）首届优秀文稿竞价活动。1993年10月28日，在重重压力、道道藩篱下命悬一线的文稿竞价交易正式拉开大幕，随着拍卖官的叫价声起槌落，参与公开竞价的十一部文稿全部成功拍出，成交额达249.6万人民币。

　　历史不会忘记，这一年，一本《深圳青年》和她的千百万读者作者，玩了一次冰火两重天的心跳，一次石破天惊的高峰体验！

鲶鱼·蜜蜂·"挑战者"号

鲶鱼、蜜蜂、"挑战者"号飞船是三个根本不搭界的种类，但却各自蕴含着一个故事，想做些事情的朋友，也许能从这些故事中悟出些什么。

鲶鱼是凶猛的鱼种，是许多鱼类的天敌。过去，日本的远洋捕捞船到公海捕鱼，往往遇到一个麻烦：当满载鱼儿的船只，经过长途跋涉，到达港湾时，尽管为了鱼的存活，船中注了水，许多鱼依然死掉了，特别是那些装着鳗鱼的船，死亡率更高。渔民们为此想了许多办法，但似乎收效不大。后来，一个聪明的渔人想了一个恶作剧的方法，他在放满鳗鱼的船舱里又加进了几条鲶鱼，其结果可想而知。鲶鱼们大饱口福，其他的鱼无限恐惧，它们拼命地游动，以免成为前者的腹中之物。威胁就这样延长到漫漫旅途的结束，尽管个别的鱼被吃掉了，但绝大多数鱼却奇迹般地生存下来，是什么刺激着它们一直活下来呢？是鲶鱼的威胁！

　　另一个故事也是恶作剧：养蜂的人有时会发现，一箱忙忙碌碌的蜜蜂，突然间变得懒懒散散，没了工作的劲头，蜜酿得越来越少。这时，有经验的养蜂人会拿起一块浸湿的布团，猛地打进蜂箱。群蜂顿时大乱，工蜂们奋起自卫，纷纷蜇刺布团。它们的刺一旦蜇出，其生命也告完结，其结果，大批的工蜂以身殉职，而在这时，蜂王会加快生产过程，产出一批新的工蜂。据说，新产的工蜂一定是体格强壮、工作勤奋的。

　　第三个故事在深圳。1986 年 1 月 29 日，美国"挑战者"号飞船在升空时不幸爆炸，宇宙间一团红色的火焰，葬送了七名宇航员的生命。人们先是目瞪口呆，跟着舆论大哗。哀叹的、惋惜的、指责的。人们已习惯了为凯旋的英雄高唱赞歌，谁也没想到"挑战者"号的结局这样惨。有人责问道：这种耗资巨大、却时刻潜藏失败的试验是否值得？

　　然而就在这一片喧吵声中，深圳却出现了一个与众不同的声音。一个叫王勇刚的青年致书报刊，他在叙述自己听到这一消息，痛惜之情后，充分肯定了人类探索未知世界的精神，掷地有声地说："挑战，即便是牺牲，那也是壮烈！"

　　"挑战，即便是牺牲，那也是壮烈！"一个来自深圳的回答！

董韶华 点评

　　鲶鱼，是一种好动的鱼，在它的追杀下，鳗鱼激发了活力，获得生机；工蜂，这种最勤奋的蜜蜂，也要在外力攻击下，才得以永葆代代辛勤。这两个故事讲的是在压力外力作用下激发出最大潜能的例子。物竞天择，适者生存。不是被对手激活，就是被对手吞没。动物世界是这样，人的世界也是这样。那些看似优哉游哉的生活，实为死水一潭，结果众生窒息而亡。那些充满危机的险境，反而激发斗志，最后总能绝处逢生。

　　改革开放三十年，"鲶鱼效应"早已成为管理学的经典案例,鲶鱼型人才成为企业求贤榜的首选。管理者们相信,一条鲶鱼就能搅动一江春水。

然而工蜂的故事就不是那么容易推行了,毕竟要先付出群体牺牲的"血酬"代价。

至于"挑战者"号,深圳人,还是那个回答吗?

生活着是美丽的

"生活着是美丽的"。不知这是谁说过的话，一直给我留下深刻的印象。我记住这句话，不仅仅是因为它新颖、朴素，而是它很耐人琢磨，并且似乎存在着缺陷。

当我们翻开卷帙浩繁的历史，当我们注意着街头来来往往的人群，当我们眺望巨大的楼宇，成片地闪烁着居室柔和的灯光的时候，我们慨叹着人类顽强的生活能力和创造能力及人们生存方式的多样性。

但是，在这个嘈杂的世界里，人们的生活又是多么不同。

我看到英雄的禹，手持巨耒走来，面对滔滔洪水；我看到贪虐的纣，在肉林酒池畔醉生梦死；我看到七国争雄，伏尸百万的惨景；我看到五胡乱华，腥毡千里的狼烟；还有司马迁孤灯写青史；李白运笔吟壮歌；

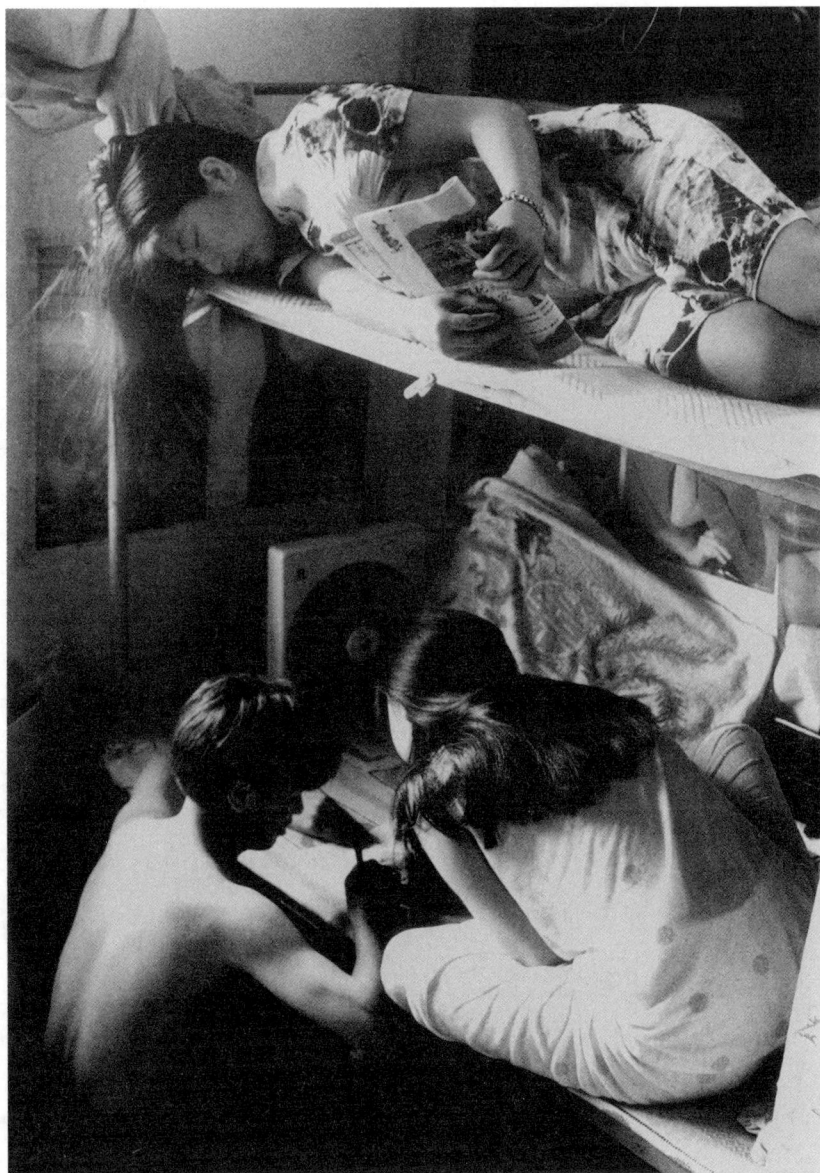

田野无收，人民易子而食；民国年间，几百个军阀用士兵的血染红的肩章绶带。以中国论，古往今来，数十亿苍生，生活着、生活过，都是美丽的吗？

生活的内容是不同的。有的人生活是渴望一个好年景、好收成，有的人生活是为了役使别人、驱赶别人，有的人生活是为了给这个世界创造更为新鲜、便利的器物，有的人生活是为了周围的人生活得更好、后来的人生活更幸福。

有的人生活得坦然，有的人生活得充实，有的人生活得空虚，有的人生活得恐慌，有的人生活靠自己，有的人生活靠别人，有的人活得兴致勃勃，有的人认为活不如死。质地不同，感觉不同，生活着不一定都是美丽的。

人类的奇特在于，她总是对现实的生活表示不满足感，而欲加以不断地改变。贫穷的追求富庶，富庶的追求舒适，舒适的追求更加舒适。并且，人所要求的不仅仅是物质的生活，还要有精神的生活，高尚的人首先是精神生活的富有者，中国的芸芸众生之所以用希望的目光看待改革开放，是因为改革开放为人们物质生活和精神生活的追求提供了广阔的空间和注入了伟大的活力。

因此，生活着并不一定是美丽的。只有不断追求的人，精神和物质都富足的生活，堪称美丽。

王雷 点评

"生活着是美丽的"，一句美丽娇娆、妩媚多姿的话，似乎不需要理由就可以被重复一亿次。这有点像展览会上被批量分发的广告纸袋，印制精美，色彩艳丽，被围观者一抢而空，一时之间铺满大街小巷 ——只是没有人关心，里面装着的只是几张废纸或空空如也。

我们这个民族总是生活在流行的话语的权威之中而不自觉。

流行的话语之所以有权威，是因为说的人太多了；面对流行话语的权威，迎合和媚俗是一种最节省力气又讨好的做法。

话语是思想的外衣，表现着我们思想又遮掩着我们的思想；话语是一杯酒，张扬着我们的个性又麻痹着我们的个性。

现在，我们需要这样一种智者，能够用他们的智慧打量所谓时尚的美丽，来穿透所谓流行的权威，来发现事物的本质。

细读本文，你会发现作者传达给了我们这种智慧，也把那种对流行平庸的拒绝，对真理本质的思辨精神传达给了我们。

坚强地生活

社会的陈旧势力很有可能压碎一个青年瑰丽、美好的梦想，仅仅因为这青年的梦想纯洁而富于进取；尸位素餐的官僚可能一个早上就扼杀一项极有积极意义的建议，仅仅因为他要炫耀自己的权势，或者仅仅因为他昏庸无能。

更为不幸的是，你周围的同类也不太平，无论你做事或者不做事，以天下为己任也罢，洁身自好也罢，误解、讥讽、嘲笑、嫉妒，甚至无中生有的谣言，就像讨厌的苍蝇，在你头顶盘旋，挥之不去，斥之不走。

于是这世界就有了愤懑、消沉、失意。

那么，纯朴、向上的青年还要奋斗么？

艰苦中的人们还要憧憬么？

生活还是美好的么？

　　答案无疑。一代一代的人都是这样地走了过来，任凭风吹浪打，历史仍然迈着自己的步伐，并且铸就了一代一代杰出的英雄人物、风流豪杰。他们大多数都受过逆境考验。

　　成长中的孩子，刚刚涉世的青年极可能将生活想象得美好，因此猝遇这些乱七八糟的事就有可能动摇、灰心。

　　其实，这正是生活的真实，回避不了的。你只要有一种胸怀，有一种坚强，一种磨折不了、压迫不倒的坚强，这一切就都将退隐与萎缩。

　　一个孩子，一个青年，从梦境中走出、直面现实，并且能够不懈地进取，他便成熟了。他便成了真正意义上的男人、女人。

人生有九十九个回合

三点经验：

失败绝不会是致命的，除非你认输。

当你经历失败时，你就能正确看待你的弱点，并产生一种免疫系统在将来对付这些弱点。

在事情顺利时，你永远不会知道自己有多大力量。在你必须应付逆境时，你才能利用你先前并不知道自己拥有的力量。

三个原则：

忘掉过去。分析和理解你失败的原因，但是不要一心想到失去的东西。要想有待做的事情。

不要让批评你的人支配你。要记住，只有在他们能驱使你同他们打架而不是去努力实现你的目标时，他们才赢了。

　　把你的时间用来实现比身家性命更大的目标。要避免那种仅仅为了享受而活着，或者只是为留下一笔更大遗产而努力的诱惑。

　　说上述话的人终生大起大落。他曾经竞选总统失败，竞选州长失败。但每次又凭着上述经验和原则更勇猛地崛起。而正当他如日中天连任元首时，又因为骇人的丑闻而失尽权柄。至此，也许无人怀疑他的政治生涯应该不光彩地结束了。但是不，上述的经验与原则再一次拯救了他的精神，促使他在有生之年写出了一系列畅销世界的著作，并且终生活跃于世界舞台。

　　人们因此而看重他的那句话：人生有九十九个回合。

　　历史因此而记住了那个声名鹊起又声名狼藉的倔强姓名——理查德·尼克松。

胡野秋 点评

　　人生始终在面对不断的挑战，失败比胜利更成为常态。

从思想和整个意义上说，"成功学"的价值不大，真正有价值的是"失败学"。

人生的确有九十九个回合，当你在生活的拳击台上被击倒，并不可怕，只要你能够再站起来。如果一击不起，那么你的人生就只有一个回合。

一个回合的人生是可悲的。

重要的是行动

　　这还是几年前的事情。有一个小有名气的画家，某一天突然离家出走了。三年后当他站在故人面前时，已经用双足走遍全国许多地方。浩瀚的大漠、寂寥的高原、质朴的村寨都已摄入他的胸中。那胸中有了万千丘壑。

　　"你为什么突然不辞而别？你当时是怎么想

的？"故人热切地问道。

画家笑了笑："我不想回答。"

"为什么？"

"我讨厌总是问'为什么。'"

"你到底是怎么想的？"

"我根本不去想。"画家正色道，"人就是在思想的重压下，才变成了侏儒。"

是的，如果他当时仔细地想：将准备什么，将失去什么，将遇到什么，将怎样收场，他也许没有了行动的勇气。如果凡事都要思前想后，那就永远不可能踏入新的生活。

我热烈地期待那新鲜活泼的青年，不要总是空想。

王雷 点评

"重要的是行动"这句话很直白，直白得就如"真理是朴素的"。没有什么寓意深刻，但它又确是颠扑不破的生活真谛。

重要的是行动!

比尔·盖茨行动了,他放弃了学业,却成就了微软大业;李书福行动了,没有汽车生产许可,造出了吉利汽车;马云行动了,没有几分钱,却造就了著名的阿里巴巴!

人生就是要行动!我们需要深刻的思考,但更重要的是行动!哪怕是简单的行动!

记住那个神态

有这样一匹马，驮着它的主人跋涉了千山万水，又走进大森林。森林无际，这马又吃了发了霉的草料，于是开始腹泻。一天，两天……它终于无法再奔腾起来，只能蹒跚地走。望着前方似乎永无穷尽的树木，它的主人悲哀地想：也许再也走不出去了，马就要倒下了。

但也就是在这样的时候，森林深处传出了隐隐的军号声，突然，奇迹出现了。那即将倒下的马儿忽地竖起双耳，陡然绷紧躯体，昂首嘶鸣，似有神来之力，背负着主人向着号音传来的地方疾驰而去，十里之外，马的主人终于见到了一座兵营。

这是一匹战马。

这个故事三年前就登载在这本杂志上。马的主人是一名年轻的战士。他骑着这马横穿大半个中国，名扬天下。这是一篇令人回肠荡气的文章，但我不知为什么，只记住了那马在听到军号时的神态！

也许，闻号蹭厉，这是一切战马的天性！

也许，这是一种血性，高贵之马才具有的血性，像一堆干柴，而号音是一个火种。

也许，这只是一匹马儿求生的本能。

时空还在无限地展开，生活依旧重复着多彩的场景，如意的、不如意的、兴奋的、沮丧的、疲惫的，似乎没有必要再想下去，新的一年又开始了，并且不是马年。

但我仍记住了那马在听到军号时的神态。

胡洪侠 点评

这则战马的故事，我愿意把它看成是一则关于召唤、关于信仰的寓言。生当今之世，为生存打拼，每个人都有疲惫、麻木、倦怠乃至病倒的时候。当是时，我们需要的，不过就是心灵深处的一声召唤。而这召唤，来自信仰。当我们什么也不信的时候，我们就什么召唤也听不见。那匹战马的"神态"，首先来自"神"，无"神"则无"态"，纵然有，也差不多是"丑态"。

辑三　　质朴的力量

质朴的力量

真理是朴素的，真正震撼人的语言也是朴素的。

在纽约曼哈顿岛上，矗立着一座纪念第二次世界大战的雕塑。两个士兵架着一个伤者，艰难肃穆地站立着。当设计者为这个雕塑征集说明的时候，信件雪片般飞来，激昂慷慨的，英勇悲壮的，深沉练达的，洋洋万言的。但是，设计者只选择了这样一句话：

　　合众国的男人和女人们都应该记住，是谁在 1941 年至 1945 年期间保卫了这个国家。

　　每天都有万千的游人在这个岛上观光。当欢乐的人们凝视这座雕塑，不，确切地说，看到这句话的时候，他们无不因沉思而庄重。

　　这才是能够感动一个国家的文字。

尹昌龙 点评

　　曼哈顿的繁华与奢靡，对于一个来自第三世界的中国的旁观者来说，似乎并不是迷人之处，独独一座"二战"的雕塑让作者流连不已。不是洋洋万言，而是一句话，就足以表达一个国家的庄严和她的人民为之作出的神圣的牺牲。其实，对于中国这样一个经历过国破家亡的历史惨剧的民族来说，又何尝不是如此。同样也是艰苦卓绝的人民，保卫了一个古老的文明，并使之薪火不绝。

本 分

文化人应是性情中人，而性情中人首要的就是看定本分。

最近看到报纸上关于钱锺书老先生一则逸事，很有些感慨。一个读者看了钱先生的书，仰慕他的大名，恳恳切切地写了封信，希望见钱先生一面，这老先生的回信很有意思："你既然认为吃了一个很有营养的鸡蛋，何必去看那只下蛋的母鸡呢？"

这件事于幽默背后是文化人的本分。中国的国学，一直推崇这种本分，因为从中见出了风骨。但是国学和西学不同之处在于，西学从柏拉图开始就已经较鲜明地划出了"此岸"和"彼岸"。"此岸"是指现实的政治和世俗，"彼岸"是指文化人的那份理想主义和空灵的精神。文化人要想做出点成就，要想有批判精神和高蹈的人文境界，是要守得住"彼岸"的。而国学提倡"学而优则仕"，又说什么"书中自有颜如玉，书中自有黄金屋"，一下子就把"此岸"和"彼岸"混淆了。所以推崇的本分也就很难实行了。

陶渊明"不为五斗米折腰"的精神，很为文化人击节叹赏，但是大家还是一窝蜂似的去乡试、会试，渴望金榜题名之时。今天的文化人知道了"此岸"和"彼岸"的区别，但守得住这本分的还不多，还是在那里猛炒文化快餐，愿意当电视文人；很多座谈会也像一个敲敲打打的鼓号队，像办喜事似的，都是写吹捧的话。有时甚至是把丧事当成喜事办。

老是想着热闹，想着制造轰动效应，于是浮躁就成了文化人的一种时弊。而热闹的背后，说到底还是出于名利的追求，想"现实一点"。事实上，文化人的目光关注的是人的发展和未来的事情，这和现实往往有些反差。因为有了这反差，也因此有了悲剧。朱学勤先生认为，悲剧意识是文化人应该具备的。"文章合为时而作"，应该直面现实，但绝不是趋附，更不是媚俗。像鲁迅，几乎所有的文章都像匕首和投枪，刺向社会的弊端，也刺向心中的黑暗。鲁迅应该说"现实"得最彻底，但绝没有失去文人的本分，一生都是用笔的。还有像钱先生，勾画出一幅幅世态的活画，自己却处在安静的寓隅，微笑着看红尘滚滚，铁定地守住本分，守住心中的理想国。

还是要淡定，还是要本分。这个世界上可以做的事很多，谁让你做文化人呢？做了文化人，就要守得住本分，否则，索性不做。这是代价，也是操守。

尹昌龙 点评

文人的闹剧已是愈演愈烈了。文坛的纷乱成了社会纷乱的晴雨表。其实，一个社会的堕落往往是从文人的堕落开始的。

不用说出多么高调的话来，讲文人的操守，也就是两个字"本分"。守得住本分，也就有了一份平常心，也就有了一种任花开花落、云卷云舒的从容。而纷乱登场，粉墨上台，一窝蜂地追名逐利，说到究竟，是守不住本分。讲本分，素朴地说就是一种职业道德与岗位意识，当然，也少不了知识分子所追求的人文精神。否则的话，本分一失，就不能再以知识分子相称了，连"引车卖浆者流"都不如。

气 度

有这样一则故事：

群兽中突然发生了一场争论，比谁每胎生得多。许多野兽都兴致勃勃地大夸自己的繁殖数量或繁殖速度。它们认为这事关荣辱，谁生得最多最快谁的势力就最大，谁就可以居领袖地位。经过激烈的争辩和小心翼翼的验证，老鼠获得了胜利。它急切地率领群兽跑到那只始终超然事外的母狮面前：

"你快将王位让出来！"

狮子打量着这幸灾乐祸的一伙："为什么？"

老鼠颐指气使："请问你一胎能生几个？"

"一胎几个？"群兽应和着。

狮子明白了，它抬起头慢吞吞地说："一个。但，这一个是狮子！"

目瞪口呆。

一哄而散。

"这一个是狮子。"这岂止证明质量胜过数量,这是面对吵吵嚷嚷、自鸣得意的小把戏们所显示的安闲而高贵的气度。

邓康延 点评

浩瀚布下星河,苍茫铺开旷野,雍容培植大度。

气度是一种底气,在天生的力量、积攒的力量和磨砺的力量中交相生成。气度,人人可为,城乡可为,春秋可为。

魅 力

人的魅力是分档次的。

有的魅力来自距离。那些耀眼的名人显贵，被神圣的光环笼罩着，其魅力因距离的遥远而散射，而高尚，使人敬畏；也会因为靠近他们而丧失——他们有如常人般的痛苦与欢乐，有时其忍耐力与勇气反不如常人。

另一种魅力是爱屋及乌的产物。动听的歌喉、如花的容貌、影片中撼人心魄的角色如此等等，举手投足间都会有潮水样的追随者，海啸般的回应。其实，我们是因了喜欢他们的技艺而尊崇其人。如果将其技艺搁置一旁，再看其人，也许很没"料道"，很俗甚至丑陋。

远看玉树临风，交往如沐春风，这才是持久而温馨的魅力。

　　还有没有更值得咀嚼的魅力呢？

　　当全世界二十五亿人坐在电视前收看她的葬礼时，当六百多万人风餐露宿只为了送别那香消玉殒的灵柩时，当一首"风中的玫瑰"被一而再、再而三地抢购一空时，不，更确切地说，当那个女子身披婚纱在门禁森严的皇宫里露出平民化的笑容时，当她终于战胜了自毁之念、冷静地面对不忠诚的婚姻并勇敢地跨越时，当她的真情一次又一次地被这一个或那一个男人出卖而无助时，当她在不断的绯闻中去拥抱饥饿的黑孩子、紧紧握住艾滋病人的双手、义无反顾地踏入雷区，用生命呼唤废除这可恶的杀人方式时，我们终于见到了这美丽光艳的另一种魅力。

　　这是坦诚得可以向全世界公开，质朴得每个人都可以理解，用真诚与不屈书写的有高尚又有缺憾的人性之光、人格之力。她使广大的平民由羡悦其貌到尊崇其心。这种魅力在于实实在在的分量。

　　我们生在这世上并不是为了装扮自己同时也就装扮了这个世界而活，正如戴安娜不是为了那华贵显

赫却冷无人情的皇室而活。我们应该活得坦诚、热
情、独特，在任何时候都磨折不了、压迫不倒。那样，
吸引人的魅力就不仅仅存于别人身上，你的眼睛就会
在扫向各种档次的"魅力"时，射出自信与刚毅之光。

胡洪侠 点评

　　戴妃之死是那一年的香艳话题，也是沉痛话题。

　　犹记戴安娜葬礼的第二天或第三天，余秋雨先生刚从
香港回来，京生先生和我与昌龙去接他小叙。去饭店的路上，
听秋雨先生谈葬礼的种种，我们几个人大有感触，京生当
即发表了一通关于魅力的感想。

　　许多人都写了文章谈戴妃之死，角度也是五花八门，
京生独拣出"魅力"立意，显出了自己的见识。当时本城
媒体和"世界"同步炒作戴安娜，但视角大都离不开车祸、
葬礼、王室、婚外情诸方面，敢于正面肯定其生之价值的
文字并不多见。现在看来，这篇《魅力》竟有了一种文献
意义。

注视朋友

一

今天，还有比"朋友"使用更多的词汇吗？有些人第一次见面就称你是朋友，然后会喋喋不休地接着说：因为是朋友，如何如何。在餐桌上，"朋友"简直成为杯中之物的下酒菜，从人们嘴中随随便便地溜出来，溢满在空气中，又和着浓烈的液体灌进肚子里。啊，一个多么热闹的盛产"朋友"的时代。

但是，我却发现了一个事实：所有的对你的欺骗和坑害，基本上不是陌生人，甚至敌人；而是你使用"朋友"一词最多的人。

因为你真正的朋友，绝对不在你面前轻易使用这个词。否则——

二

"是的，为了成为朋友，须有硝烟滚滚！朋友是这样的三位一体：患难中的弟兄，大敌当前的同志，视死如归的自由人！"这是德国哲学家尼采对"朋友"的理解。他在年轻时有两个好朋友，一个是他的同学洛德，另一个是大音乐家瓦格纳，但是注重友谊，更注重友谊质量的尼采，很快就因为志趣和思想的分歧与他们绝交了。他宁可终生享受孤独并被孤独折磨。他宁可向前一代的哲学家叔本华表达友爱、视为知己。因为："他的学说虽已过时，他的生命依然矗立，这只是——他不曾向任何人屈膝。"

啊，没有朋友的尼采，你恰恰最看重朋友和友谊，在你那里它们永远发出圣洁之光。

谨慎地注视你的敌人，但，更谨慎地选择和注视朋友。

胡洪侠 点评

在一个爱情都可以明码标价的时代，"朋友"也会成为商品。或者说，很多时候，所谓"朋友"不是用来结交的，而是用来交易、交换的。

当有人随意说"我是你的朋友"，说明他确实是看重你的。但他看重或看中的，往往不是你这个人，而是你的身份与位子。他和你的"椅子"才是"朋友"。如此简单的道理可惜许多人死活不懂。常听人感叹，说自己病了或者退了或者变穷了以后，朋友们就都不见了。其实哪里是"朋友们不见了"，"朋友们"仍聚集在"椅子"周围，只是你"不见"了而已。

朋友如月

离开北京已有好几年了，每当明月散出清辉的时候，便想起许多朋友。那天际的明月，静静地看着我，宛如朋友们的一双双眼睛。

于是想起了田野间的土路上，一群骑单车的孩子，追逐着，风驰电掣地掠过，没有忧虑，没有目的，只有爽心舒心的谈笑，义气如虹的相互倚靠。朋友在那时的概念，正如蓝天下飞翔的鸽群，饿了累了就没精打采地回巢安歇，一俟走出家门，就生动起来，活泼起来，滚成团团，拆也拆不散。

后来上了大学。朋友又有了新圈子，不再是无忧无虑地玩耍，而多了灯下纵谈，月夜低语，登山而吟诗，围坐而砥砺。最兴奋的是月初发生活费那几日，几个朋友将穷酸气一甩而去，一扎啤酒将对国事的议论、女人的评说，一发引出。那英雄之气，霸戾之气，贪恋佳人之气一并有了宣泄的场所。

　　后来到了深圳，周围多是闯天下的青年移民。白领的朋友、蓝领的朋友，南腔北调，聚在一起，正所谓座中客常满，樽中酒不空。每当这时，心中便满溢着幸福与快乐。听到那创业起家的艰难、抛妻别子的辛酸，满座黯然长叹，而更多听到的则是事业潇洒、生活潇洒、思想潇洒的故事。这里有欲飞冲天，不改鸿鹄之志的实力人物，有虽九死而犹未悔的文人学士，有孑然一身，只有光荣与梦想的闯世界者。置身其间，常常感到人生如朝阳般灿烂。

　　与那义气纵横、果敢坚毅的人结而为友，真是人生一大幸事。

　　朋友如月，与其相处，身上便浴满清辉，想起他们，心中便有了无限的宁馨欢愉。

　　在人生的旅途上，没有朋友的人，正如在没有月光的黑夜中踽踽独行的孤魂。

　　我歌月徘徊，我舞月相伴。

　　愿世上之人都有明月相随伴。

邓康延 点评

天宇明澈，大地清朗，月亮浮在李白的酒杯中，凝在关羽的刀牙上，荡在西子的溪水里。月亮兼备豪爽、雄奇和柔丽。一个个迥异的时空下，一个个个性鲜明的月亮。

正如朋友。

同窗共读、忧国忧民、殊途同归的朋友，阴晴同守、盈亏对视、远近互念的朋友。

人生旅途有了太多的聚分离合，也就有了太多的旧雨新知，那些难忘的事情和情事，恰似月辉，不经意地就在一个晚上，洒了一地，洒上心头。

涛声依旧

去年乃至今年一直流行的一首歌名字是《涛声依旧》。

月落乌啼总是千年的风霜
涛声依旧不见当初的夜晚
······

歌词含糊闪烁，似通非通，但无疑地散发着一股浓郁的怀旧的情绪。

听这样的歌，仿佛是面对一张已发了黄的旧照片，照片上的那个人在微微地笑着，或是你的朋友，或是你的同学，或是你曾经的爱人，曾经有过的温情浮漾着，在你的心头，你的双眉，你手中的照片里。既很亲切又很遥远。那是一种温馨的感觉，使你忆

起了过去的时光，这时光可能并不那么激动人心，
但却如柔嫩的青草，淡淡的白云韵味深长。

无助的我已经疏远了那份情感
尘封的日子始终不会是一片云烟

涛声依旧，江山不改，变化了的是个人的境遇
和逝者如水的年华，流浪过的你感叹着漂泊不定的
生涯，奋争过的你感叹着往昔的峥嵘，辉煌过的你
或者更向往那平淡而纯真的过去，滚滚人流中的你
或者更孤寂而追忆朋友间真挚的友情。这些都是你
不可割断的过去哟，虽然年轮早已飞入苍松，但却
永远缠绕在心头。

不论现在做着什么，忆旧却会使我们温暖，不
论现在成功与否，忆旧都将使我们高尚，因为这是
一种历久弥新，只属于你的，磨灭不了的情愫。

珍惜过去就是珍惜自己的现在，珍惜朋友，就
是珍惜个人的感情，而在人生旅途上有辉煌建树者，

将是永远把故乡的明月、风华少年的朋友放在心头
的人们。

胡洪侠 点评

　　"昔日之我"常常藏在老友身上，自此角度而观之，
"他传往往是自传"倒不仅仅是对某些传记著作的讽刺，
也是珍惜友情的一个理由。"过去"是回不去的，但和老
友把盏话当年，正如同与自己晤对。老朋友是一条怀旧的路，
循此路回溯，我们不仅有机会重温友情，更有机会重回当年。
涛声是否依旧，不在涛声，也不取决于听力，而是取决于
心力。

别再演"戏"了

过去，一些人靠演戏生活。

在领导面前演戏，

在朋友面前演戏，

在妻子、丈夫、孩子面前演戏。

不仅仅狡猾的人演戏，老实忠厚的人也演戏，为了位子为了房子为了面子，或者只是为了保住自己可怜的一点东西就去演戏。

他们演得很累很累，还说没办法，一定要演。他们演得很蹩脚很狼狈，还挑剔别人的演戏。

其实，中国不需要这样的演员。也没有一个人愿做这样的戏迷。

欺骗生活，必被生活欺骗。官场也好，商场也好，情场也好。

装腔作势的演员，阿谀奉承的演员，貌似诚实，心怀叵测违心演戏的演员应该退场。自己不演首先舒服，别人也更舒服。

做一个大写的"人"，多么坦荡，多么潇洒！

胡洪侠 点评

人生在世，不能不融于社会，想一次面具也不戴，一次戏也不演，也难。体制或社会分配给你一个角色，不演戏又当如何？怕的是，演戏的人和看戏的人都当了真。必要的面具还是要戴的，别忘了经常照镜子就是了。

使　用

有的东西因使用而耗尽，有的东西因不使用而灭亡。

鲜花的怒放，代表着它最亮丽的时刻，那是它青春的勃发，但随之而来的则是凋谢。这便与人不同。对于人而言，青春的意义在于使用。青年因本能地使用它而生机勃勃，中年以至于老年因自觉地使用它而有更加灿烂的笑容。

不被使用的青春等于不存在的青春，无论是老年或青年。

据说克林顿总统在其办公桌玻璃板下压着的唯一的一段格言如下：

青春不是人生一个时期，而是一种心态。

青春的本质不是粉面桃腮，不是朱唇红颜，也不是灵活的关节，而是坚实的意志，丰富的想象，饱满的情绪，也是荡漾在生命甘泉中的一丝清凉。

青春的内涵，是战胜怯懦的勇气，是敢于冒险的精神，而不是好逸恶劳。许多六十岁的人反比二十岁的人更具上述品质。年岁虽增，但并不催老，衰老的成因，是放弃了对理想的追求！

有着坚强意志的青春、瑰丽想象的青春、强悍如风的青春，它存在于所有人身上，只是要求你发掘使用便有遮掩不了的显示。

我喜欢青春的行动，我喜欢青春的笑容。无论是来自青年抑或老年。"岁月褶皱皮肤，暮气却能褶皱灵魂。烦恼、恐惧，乃至自疑，均可摧垮精神，伤害元气！"

是使用还是弃置，决定每个人终生。

胡洪侠 点评

青春是一把双刃剑，什么时候使用，什么时候不用，是心态，也是智慧。青春是人生必然面临的考题，而不是答案。我不太喜欢"焕发青春"之类的话。青春若在，那就在；若不在或不再，"焕发"它作甚？又如何"焕发"得出？严冬突然有几天变了盛夏，那不是命数，是异数。还是顺其自然好。

潮　流

　　时尚是自上而下的，潮流是自下而上的。

　　追赶潮流是大众的天性，但有些追赶很滑稽。

　　那天打开报纸，赫然见到的标题是：今年流行穿小一号。至街上看，果然见时髦的人物都是穿紧身的衣裙，有的确实也玲珑浮凸，风姿绰约，但也有别一种的刺激。例如那位正走在面前的女士，丰硕的身躯似乎就要从那"小一号"中随时爆裂开来，真是令人随时捏一把汗。

　　于是想起1994年的现象。那一年在写字楼工作的白领小姐们都盛行浓妆，衣服亦追求热辣性感，反而是一些在高级场所出没的三陪女却打扮得一身素雅，刻意透出纯洁。

　　潮流真是一种蛊惑，一片喧嚣。

　　人生于世，很大的能耐是认清潮流。有些潮流是一定要激赏与加入的，例如中山先生讲的"顺乎历史之潮流，满足人群之需要"，那里面有先锋的思想、良知的呼唤，岂能坐视？但就衣食住行之类的生活而言，完全不必跌入什么潮流的漩涡，与世沉浮。

在这个世界上，每个人都是一处风景，你之美丽首要的是你的独特，何必邯郸学步。

即以穿着而言，追潮族玩的亦不过是生活中小小的把戏，但付出的却是极大的精力和金钱，还要揣着时刻被潮流抛弃的恐惧；看一看那些成功人士对此起彼伏潮流的那份淡定、从容，看一看他们保持自己风格的姿态，我们也许更明白什么是真正的华贵与大家气度。

胡野秋 点评

中国是个崇尚"潮流"的国度，但通常追逐潮流的过程却陷于人云亦云。这种潮流的习惯，正在成为新的潮流。

潮流像块不干胶，到处都可以贴。

作为长期引领年轻人精神时尚的《深圳青年》杂志，用这样的卷首让大家明白，潮流不过是个"小把戏"，你把它当回事，它还真像那么回事。当你不把它当回事，它就没啥事了。

世　态

　　郑板桥游佛寺，和尚见其衣着孤寒，遂冷冷一句：坐。向小僧吩咐：茶。板桥与和尚闲扯，清音绝伦，谈吐高雅，和尚生了敬意，忙令小僧：敬茶。又搬来一把靠背椅：请坐。重新落座后，套问姓名，一听才知道是天下之名士，大吃一惊，立即礼让到净室，谦和地一抬手：请上坐。又大声传唤：敬香茶。

　　据说洒脱的板桥在离开寺庙时，用和尚的话留下了一副对联：

　　坐，请坐，请上坐；
　　茶，敬茶，敬香茶。

　　后来的文人知道了这事，很有些得意，觉得郑板桥嘲笑了和尚，活画出世态的炎凉。

世道就像一座寒冷的屋子，你就像一个柴堆，火烧得越旺，来取暖来趋就的人越多。柴堆熄灭时，有时是燃尽了，有时是被兜头的冷风吹灭，大多数的人便散去，只有记忆好的人还念着它的温暖，只有挚诚的人才悄悄拾来薪柴，助你重燃。但记忆好的人少，挚诚的人更少，于是有了悲叹与愤慨。

其实何必悲叹与愤慨，熊熊的火焰本身就是力量与成就；本来就是为了温暖世人，兜头的冷风吹熄了，重新地燃烧；真的熄灭了，请世人尽快寻求新的温暖，你便可以静静地休息了。但这只是一层意思。

对板桥而言，和尚是寺庙的老板，对不知的人，坐是客气，茶是礼遇；待知道你真有本事，立请登堂入室，相见恨晚，足见其爱才之切、心胸之博。倘在谋生中能见到这样的老板，也是大幸了，真要是遇到不识货的，坐都不让你坐呢，遑论展示本领。殊不知，即使坐在庙里不识货的和尚多得很呢。

最后还有一层，坐便让你坐了，这茶便让你喝了，假使板桥肚子里空空，像两分钱买的醋又贱又酸，满口的秽语乱言，这老和尚还让你坐么，还敬香茶么？
赶出山门，一边凉快去吧。

关键是肚子里有货。有了货，世态不变也得变。

胡野秋 点评

世态是人生的一面镜子，所有的人都会从中找到自己
和他人的影子。世态又是遭人诟病最多的状态，"世态"
似乎只与"炎凉"连缀，落魄者大多会从里边寻出些失意
的缘由。

板桥的这段故事流传几百年，它的寓意本来几乎已成
定评，但作者却从中读出了新意，读出了别人都未读出的
东西。那就是积极、能动、达观等等这样一些主题词。

仔细一想，以老僧的修为，确实不该是前倨后恭之辈。
再以板桥老人家的脾气，倘有忤逆断不至于忝坐闲谈，更
无雅兴留下墨宝。我想这是后世文人的误读，他们没有胸
怀去理解这个故事的况味。

从深层意义上说，作者与两百多年前的当局者倒是心
气相通的，他把断裂百年的丝线从容地接上了。

作者实际上在告诉我们，镜子并不只有一面，世态本就是世俗的常态。问题在于当你面对镜子，你得让自己有个站相，而且别赤身裸体，这样你就不会太尴尬。"有了货，世态不变也得变"，这就是辩证法。

"却是梅花无世态，隔墙分送一枝春。"

这样的境界岂不更美？

龙　爪

　　龙爪是厉害的，因为那是龙的爪，龙爪又是没用的，因为什么是龙谁都说不清楚，何况它的爪子。

　　过去有个小官下围棋出了名，碰巧让皇上知道了，就邀他进宫手谈一局。可怜的小人物又兴奋又惊惧，一边下棋，一边狂迷地胡思乱想。棋下完了，龙颜大悦，很开心地在他左肩上拍了一下。这一拍就出了问题，小人物飘悠悠地似驾上了祥云，立刻跑回家叫太太在皇上用手拍过的衣服左肩处绣出一只龙爪。然后施施然穿着绣了龙爪的官服去见同僚和上司，只用右手单独示礼，大略像和尚的问讯一样，而左肩却绝对一动不动，因那上面已被龙爪碰过，成了皇封的罕物。

　　这不是一个呆子呆头呆脑的笑话，他的子孙繁衍不息。走在街上时不时就可以见到豪华的门楣上有几个七扭八歪的字。字好坏是没关系的，关键是题字者的头衔，证明里面必定有攀龙附凤的背景。如果进到里面，说不定还能见到正襟危坐或笑容可掬的合照呢。

据说有个土老财因为要攀附，就向某机构大把地使银子，终于在指定的场合可以和大人物握手，小人物先是兴奋得紧张，要握手时又紧张得兴奋，结果手还没碰到就晕了过去。

唐僧骑的马是东海龙王的太子变的，这龙种与别的马不同，除关键时刻会说人话外，即使撒的尿让路边的野草沾上了也会成精。于是历朝历代都有许多的野草在路边期待着一泡马尿从天而降。

就像有人集邮集火柴盒集算盘珠子一样，这也是一种活法。可惜带有吓人的目的。就有那忠厚的人心甘情愿地被吓，一见到"龙爪"之类就怕得要命。

他们的内心深处十之八九也藏着被龙爪拍一拍的侥幸，求之不可得，由羡而惧。

皇上是做梦也没有想到这一拍的后果，否则是一定要讲讲价钱了。这正如唐僧的马，最终不肯轻易撒尿一样。今天名人题字大半是鞭策、激励和警示，但亦应慎防那心怀叵测的反复之徒欺世骄横。

由传说中的龙爪想到也是传说中的包公的龙头铡，它使一切扯起鸡毛蒜皮作为旗帜的人为之气丧，一旦有那作奸犯科的宵小，它便铿然扬起，管他衣服上绣没绣龙爪。

胡野秋 点评

攀龙附凤被传承了几千年，传来传去，龙与凤被恍恍惚惚地传丢了，攀与附却被实实在在地接力下来。君不见，今天哪有什么真龙潜凤的，曲意逢迎倒是触目皆是。

这篇文章让人想起契诃夫的《小公务员之死》，那个罗刹国公务员和吾国的那个小官倒像是一母所生，区别只是悲惨的程度不同，吾国小官只是被自废了一条胳膊，而俄国小公务员则搭上了卿卿性命。

由此推算，攀龙附凤的成本是巨大的，它往往以消灭人的自我存在为代价，这样的买卖太不合算。其实，拜倒在菩萨脚下的莫不是它的塑造者，而伟人之所以高大，往往是因为常人长跪仰望。

问题在于，有些人常常自甘堕落，愿意去被龙爪一拍，愿意去被一个喷嚏打死，而且可怕的是，这个病还有不可遏制的传染性。

所以我劝人们读读这篇《龙爪》，它没准会挽救几条性命，最不济也可以保住几条胳膊。

洪　水

洪水滔滔洪水滔滔。

七月和八月的中国，到处是咆哮的河流，到处是惊人的险情及与之殊死搏斗的人群。珠江、长江、黄河、嫩江……从南到北都在掀起惊涛骇浪。有越来越多的时刻，就差那么一点点，广袤的田畴、悠久的城市和密集的居民几乎就要被洪水吞噬，然而又庆幸地终于没有被吞噬，我们一次次地制造着"人定胜天"的奇迹，但是又有谁能肯定我们在下一个回合还能胜利呢？

可以说进入 90 年代以来，每年的七月八月，中国人都是在与自己的大江大河英勇搏斗。但滑稽的是，正是人们自己——我们一部分可爱的同胞，在帮助洪水。

据说，在广州，每天倾入珠江的垃圾就达

一百五十吨，在水位上涨时则达到五百吨以上，而这与长江相比简直是小巫见大巫。每年七月中旬，长江的一些地方，垃圾将覆盖整个江面，其淤积的厚度小汽车开上去也不会沉没。即使如此，那沿江的居民，那岸边的工厂，那江中的船舶，还在不顾国家的三令五申，每时每刻向水中倾泻。

更大的破坏来源于所谓的开发。江河上游的大面积森林正在被夷平，蓄水的洼地、排洪的水道正在种植庄稼，建造密密麻麻的楼房。江河上游、中游及下游，到处可见被撕扯得乱七八糟的赤裸裸的大地。

我们是否要计算一下，七月八月我们在抗洪，但一年中另外的十个月我们在江河边上做着什么？

愚昧、顽劣及鼠目寸光是水患的又一元凶。

克林顿总统曾在中国说，我希望你们能致富，但如果你们用我们同样的方式，地球上便无人能呼吸。就在记述下他这句话时，我却想起了美国大地上到处可见的清澈的河流，也想起了我们那可爱而可怜的黄河、长江。

黄河不提也罢，至少我记得也就在十几年前，长江还是那样的清澈。

据民政部透露，至七月中旬，中国洪涝灾害的直接经济损失是八百四十六亿元，而更大的洪峰正纷至沓来。

中国不可以成为泽国。

我们必须想清楚，怎样去捍卫和延续我们的文明。

胡洪侠 点评

如今许多的水患，许多的旱灾，许多的泥石流，许多的地震，许多的沙尘暴，其实都不是天灾，是人祸。还好意思再讴歌"母亲河"吗？还好意思使用"长河落日，大漠孤烟"这样的字眼儿吗？许多美好或者壮阔的诗意词汇，其实都名存实亡了。我们不仅杀死了许多的生命，我们还杀死了许多的诗。

宋 江

这世上被人津津乐道又说不清楚的，莫过于"江湖"二字了。而那江湖上最推崇的就是义气。

于是就有了电视剧《水浒传》的轰动效应，就有了对宋江的愤恨，就有人恨不得"手刃此獠"。

但这只是今天观众的心态，与剧中一百〇八个好汉截然不同。好汉们是把宋公明当做江湖上义字当先的化身尊崇有加，否则何以共同推戴他坐了头把交椅呢？这是作者的杜撰还是今古对义气的不同理解，此为一不清楚也。

说不清楚的还有义气和银两的关系。翻遍《水浒传》也实在找不出宋江有何大义之举。那杀妻之事，不过是对背叛自己的淫妇一时愤恨的慌张之举，过后就已后悔了。其赢得"及时雨"的名称，说到底也是花钱及时，谁没钱吃饭而又碰巧见到了黑矮子，便有了指望。于是两锭大银买断了武松，几把酒钱又搞掂了李逵，这便是仗义疏财的来历了。此时的宋江，更像个忙碌的小商人，只不过倒卖的不是货物，而是如山的义气。

再不清楚的是这义气到底是本身的人格，还是仅仅是一种手段？本来一个个活得快活的绿林好汉被宋大哥的义气纠集上山，也确曾大碗喝酒大块吃肉，不久就有了排座次的束缚，排在后面的对上要言听计从，挟义自重的大哥自然就有了生杀予夺的霸道。他便用这义气捆住众人和他一起去请求招安，管你有没有什么真性情！这时的宋江，则更像鲁迅所说的，是脖子上挂着替天行道的小铃铛，将羊群引进朝廷屠宰场的头羊。

英武的好汉视义气为生命，为立身之本，可悲哀的是，无论是过去的江湖，还是今天的江湖，那义字当先的终极价值往往被小人反复拨弄，于是就有了可耻的出卖和惨烈的手足相残。因此，大凡有利益上的交换而又穿着义气的外衣，十之八九包藏着不可测的祸心。

只有志同的赤心才有可能获得生死与共的义胆。

义气就像那芬芳的老酒，耐人品味而又热心烫肺，但又可以灌得你昏天黑地。

只是当心：别醉了。

胡洪侠 点评

此文是作者的"沉痛语"，句句如刀，将所谓"江湖"的真面目一层层剥给你看。

宋大哥的江湖已远。为了义气撒银两也罢，为了银两讲义气也罢，那样的江湖毕竟还有手起刀落的痛快和侠肝柔肠的体温。如今又有了许多新的江湖，所谓书画界有"江湖"，所谓拍卖场有"江湖"，所谓法庭有"江湖"，所谓影视界有"江湖"……种种"江湖"中，多的是潜规则，少的是坦坦荡荡的义气，常见的是银两横行。

大市民

与余秋雨先生谈话是很愉快的事，因为经常有所发现。

问余先生，他在《文化苦旅》里写的上海人，这几年是不是有什么变化？他很认真地实时回答，变化很大。大在哪里呢？答曰：大市民逐渐地浮现出来了。大市民？心中一动，这是第一次听他说出的概念。

外省的人一说到上海人，就会砰砰砰地道出几条，诸如精明、计较、小气、爱吵架却不太敢动手打，几乎是一律的贬多于褒。

但真的与上海人接触便觉得并不如此，至少我认识的几个上海人就和所传说的区别极大。再一细想，上海泱泱大气的文化风度，对国内极强的政治、经济影响能力，岂是上述上海人能做得出来的？

原来，人们所议论的是上海的小市民而非大市民。

因为篇幅所限，我不可能展开大市民和小市民的比较，只能简单地说：大市民的眼光、气度和所关心的问题，以及待人接物都与那小市民不同。他们是真正决定一个城市素质的人群。他们在市井间也许是默默的，似乎并不存在，但却高傲地挥动着城市的旗帜，实实在在地夯实城市的根基。

中国的大部分城市都有大市民，但很少。能影响城市气候的更少。我们城市的风气太习惯于被小市民反复搬弄和左右了，文化大革命将这种现象推向了极致。其甚嚣尘上的结果，致使一切都相当庸俗化。它使城市产生着千篇一律、道貌岸然的夸夸其谈、粗俗的举止，人与人之间相互算计，一切热闹而无聊。

但是，中国市场化的结果，必将使大市民日益受到重视，市场化的高级形态与它的低级形态完全不相同，它的低级形态可能导致人欲横流的低级追求，但其高级形态将重新和牢固肯定学识、教养、从容、大度、勇敢和友爱的价值。而这恰恰是大市民的标志。

高贵的气度是终身最宝贵的财富，它需要长时

间的陶冶，更要有坚毅的意志去捍卫，那是追求的
结果。

那是追求的结果，正如小市民向大市民的转变。

胡洪侠 点评

中国最不缺的是农民，最缺的是大市民。在这种格局里，我觉得即使是小市民吧，他们的一些心态也比农民情结有价值一点。

让一部分市民先"大"起来？谈何容易。

李欧梵先生在一篇文章中说，他觉得中国其实只有一个真正意义上的都市，那就是上海。秋雨先生对上海市民的分析曾引起很大反响，他也许没想到他的结论使得深圳的有心人都在考虑市民的"大"与"小"问题。在这个意义上，京生先生的"响应"与阐释格外让人心动。上海，在 20 世纪又成了一面中国市民的镜子。

我们还有什么?

报载,今年汛期到来时,江西某市的领导曾向中央领导拍着胸脯保证,那段大堤固若金汤。但正是这段堤在洪峰到来时率先崩塌。面对怒不可遏的中央领导,他们只好托出事件真相,大堤偷工减料,做了手脚,甚至没放一根钢筋。

无独有偶,湖南某县洪水决堤时,堵塞溃堤的材料用光了,情急之中,指挥督战的上级领导果断命令,用粮仓中的大米,但这个平时号称粮食几年也吃不完的县,粮仓中却根本不见什么如山的大米,那些子虚乌有的产量都是县太爷平时谎报的。

洪水令人恐怖,但骗子猛于水。它不仅猛于水,而且正在肆虐泛滥。

报载,福建泉州近期从某地招聘几百名大专以上学历的教师,等登上讲台才显形,竟有十之八九是中学文化程度都不够的冒牌货。

报载，广东某地的许多离退休老干部将棺材本交给了一个集资公司，而这个保证高额回报的公司却在几天后音讯全无，杳如黄鹤。

假的横行必有真的悲剧。假酒喝死人，假药药死人，假医生治死人，假种子颗粒无收，假军车横冲直撞，等等等等，这样的事例经常充斥在我们耳际，发生在我们周围。

我们感到沉重的不仅是这些骗术的卑劣，而是行骗的普遍，以及市井间的习惯与麻木。

几年前，我曾到过莫斯科，在步入商品街时，不明所以地碰到俄国商人敌意的目光，有一个甚至发出轰赶禽兽时才用的嘘嘘声。翻译解释，那是因为我们的倒爷将他们坑苦了。开始，俄国人满腔热忱地接受中国货，依赖中国人，但他们买到的却是涂着墨汁的黑皮夹克、夹杂旧棉花的羽绒服和保温不到半小时的热水瓶。

他们轻蔑的是中国几个倒爷吗？不，是中国人的声誉。

几乎所有的中国母亲，在孩子刚刚懂事时，都把做人要诚实作为首要的教育内容。"中国人说话是算数的！"这句响亮的语言，曾经被我们的伟人毛泽东、周恩来、邓小平等一次次表达过。他们说这句话时，中气十足，坚定而镇静，因为他们依托的是一个古老民族几千年的信誉和修养。

"中国人说话是算数的"，面对肆虐的"骗"污染，让我们群起维护这句话的神圣性吧，否则，我们还有什么？

胡洪侠 点评

是啊，除了谎言、骗局、陷阱、豆腐渣工程、毒牛奶、毒胶囊、毒酱油等等，我们还有什么？我们曾经还有本文中洋溢出的一腔愤怒，现在似乎连愤怒的劲头也提不起来了。我们只剩下摇头、叹息和无奈。我们内心真诚的愤怒纷纷变成了网上自嘲的段子。等我们连自嘲的兴趣也没了，我们还有什么？

名 城

清华大学的出名与当过校长的梅贻琦分不开。他有一句很出名的话：大学不是因为有大楼，而是因为有大师。套用这个意思，名城不仅要有名胜，更要有名人。于是想起一首写杭州的诗："江山代有伟人扶，神入丹青即画图。赖有岳于双少保，人间始得重西湖。"其中的"岳"指的是岳飞，"于"指的是于谦。一个宋代人，一个明代人，都被封了太子少保的官衔，都是民族的大英雄，一个就葬在西湖之侧，一个就是这地方的人。千古不散的英烈之气，给柔丽的西湖平添了一份硬朗。

韩愈曾被贬到潮州，在潮八个多月，山被称韩山，水被称韩水，江山都姓韩了。柳宗元谪任柳州，因此柳州其后就有两样出名：柳州柳和柳柳州，大概也就两年多，柳宗元竟死在了柳州任上。

　　韩柳都是唐代的文宗，顺手也荫及了两座古城，像熠熠的巨星，辉映出古城卓尔不凡的人文气象。其开风气、除恶弊、泽及百姓的事迹当地人至今引为美谈。名城大抵都有这种令人肠热的故事。

　　我国国民身上有许多陋习，但是他们对圣贤的感恩戴德永志不忘，世界各民族是无出其右的。可惜历朝历代都有那做官的人一再亵渎这善良的美德。吃着官饭的强盗贪赃枉法、作威作福；奸猾一些的则自己振振有词，暗地里却唆使妻儿爪牙巧取豪夺。平庸的笨伯在一个地方一干就是十几年、二十年，少的也有几年。报纸天天见名字，电视天天见脑袋，叫炙手可热也罢，其实只是个会说漂亮话的酒囊饭袋。

　　平庸的人大抵分两类：一种是白天也酣睡的人；一种则是假寐，很懂世故，于是圆滑得什么也不做，千古的暮气大都出自此辈身上。

　　热闹的"两会"结束了。听到共和国新总理在记者招待会上说他受任斯职"心中很惶恐"，听到他说将在任上"勇往直前，义无反顾，鞠躬尽瘁，死而后已"。铮铮话语，每个苍生都应浮一大白。

国家要兴旺，名城要名人啊。

胡洪侠 点评

我们见多了"报纸天天见名字，电视天天见脑袋"的"平庸的笨伯"，这未免让人有些灰心丧气，但京生的视线从这些平庸的头顶上跳了过去。他以"每个苍生都应浮一大白"的激情，坚持认为名城要有名人，要有韩愈、柳宗元那样的名人，这显示出京生理想主义的一面。我是早已不做此想了。现在并不缺"名人"，只不过大多名不副实；有那么个把名人，也已经被骂得狗血喷头。我真的相信名人的黄金时代已经过了，而"名人的黄金时代"正风起云涌。

风　暴

　　比东南亚、东北亚更寒冷的不是今冬，而是如雪崩一样爆发的金融危机。索罗斯搅得周天寒彻，甚至纽约的股市也冻得直打喷嚏。

　　泰国的穷人原本每天只吃一顿正餐，这几年日子好了，开始习惯一日三餐，索罗斯的魔杖一舞，失了业的人只好恢复过去的习惯。韩国人这几年越来越趾高气扬，索罗斯一推，登时栽了个跟头。被称为经济动物的日本人也吃不住劲，证券业四大巨头之一的山一证券公司宣告破产，八佰伴成了没法办，只有大甩卖后关门了事。饱受金融劫掠的马来西亚总理干脆诅咒：索氏不去，国无宁日。

　　这个匈牙利后裔最辣的一手是对付香港的。他趁董长官出访欧洲之际，一下甩出三百亿港币，香港的股市像患了百日咳的孩子，一会儿憋得脸红气胀，一会儿咳得要呕出血水。连香港发行量最大的报纸也开始信神信鬼，专门发了言论，揣测事情坏在港币名称上，港币的谐音就是港毙，唱衰了香港，请求董伯伯赶快下令将港币统称为港元或港纸。调侃也变得慌慌张张。

索罗斯这次狮口大开，一下把"四小龙""四小虎"咬得东奔西突，疲于应付。这样一个标榜用经济手段实现哲学理想的人，以其哲学理想对付刚刚富起来的亚洲人，至少是太不人道了。

但他在这场残忍的经济游戏中是按规则出牌的。因此，眼见要玩残你，也得按国际惯例办事，银行还要每天开门，股市也得每天交易。

这场较量的实质是脑力和实力。索氏是狐，他背后是可称为虎群的西方大财团，而其狡诈的狐计，则来源于敏锐的智慧和准确的判断。正是这智慧给虎群带来滚滚财源，才能狐假虎威。

智慧就是利润，真正的实力在头脑中。

大脑风暴可以掀起金融风暴。人类的争斗，开始是土地的侵略，资源的掠夺，冷兵器、热兵器、化武核子都充满着伏尸百万的血腥与残酷，而这场金融风暴告诉我们：不用战争也可以掠夺。

风暴就在我们面前掀起，假如这风暴降临在我们头上呢。我们祈祷我们的国家尽快地实力雄厚，虎猛龙威，但更祈望我们古老的民族能迸发出卓越的时代智慧。

唯此才能成为强国。

胡洪侠 点评

文中有两句话，一是"这场较量的实质是脑力和实力"，二是"智慧就是利润，真正的实力在头脑中"。正是早有了这样的见识，才有了后来的许多提法和行动，如"拼文化"，如"深圳读书月"，如"两城一都一基地"，如"力量型智慧型文化"，如"市民文化权利"，如"一座城市因热爱读书而受人尊重"……

红舞鞋与蓝月亮

一只苍蝇见到一罐打翻了的蜂蜜，马上飞扑了上去，贪婪地吮吸起来，一直到腹中装满那橙黄的蜜汁，它才心满意足地振翅欲飞，可惜的是它那纤细的双腿早已粘在那流淌的蜜中不能自拔，它拼命挣扎也无济于事，直至精疲力竭地躺倒在蜂蜜中。

贪欲吸引人，满足人，亦使人无法自拔。做官的愿意不断地升官，直到白发布满头顶，回头一看，原来是洒满辛酸的几个阶梯；炒股的愿意股价不断攀升，直到有一天被套牢了才呼天抢地；看得更多的是那生意场中的人，赚了一万就敢投出十万，获得百万就想要赚个上亿。其不能自拔正如那穿上红舞鞋的舞娘，要一直舞下去，想停也停不下来了。

深圳是中国人口平均年龄最年轻的城市，但据说亦是全国高血压、心脏病、脂肪肝等富贵病名列前茅的城市，人均消耗的进口药物居全国之最！

劝君莫穿红舞鞋。

可悲的是，不是你想升官就升官，想发财就发财。极度的追求，往往是极度的失落。唯利是图者，往往落入陷阱，成了破落户；唯官是图者，往往露出阿谀丑恶的嘴脸，被人一脚踢开。即便发了财，升了官又如何？少年的英气、壮年的强盛、生活的乐趣全栽了进去。

生命的意义在于体验，体验得越丰富，生命越隆重；生活的意义在于乐趣，予己之乐，予人之乐。一个富豪有一天突然悟到了这一点，于是耗尽千万财产，收养了三十八名无家可归的孩子。他成了清贫的人，但他在孩子们的笑脸上看到了人生的大富贵。

推开窗户一看，湛蓝的天幕高悬着一轮皎月，发出遍洒人寰的悠悠蓝光。对于人类而言，明月代表着永恒，那么，有着月亮一样心情的人呢？

胡洪侠 点评

读罢此文，如余兴未尽，余愁未消，余情未了，可斟杯美酒，边饮边诵苏轼《前赤壁赋》。

让我们再一次感动

我们一直沉浸在一种感动的情绪中。

我们已很久没有感动了。

春天里，一个孩子病倒了。春天里，无数双手伸出来了。春天里有雨，春天里的爱心撑起了一个明媚的天空。

是《救救孩子》的报道凝聚了一颗颗爱心，点燃起人们心底的爱火，并且播散弥漫。三天里，一千多个电话，三百多位登门拜访者，还有伴着体温的一笔笔捐助款。

同是天涯有情人，相助何必曾相识。尽一点自己的绵力，献一片自己的爱心，不为扬名，不谋功利，只为帮助一个素昧平生的孩子，留住一个珍贵的生命。深圳人付出真爱，净化了灵魂；帮助他人，得到了快乐。施爱是幸福的，还有什么比自己亲手参与挽救一个生命更感到快慰和满足呢？只有善待生命、善待自己的人，才能善待别人。

深圳是一个商业气息浓郁的城市。钢筋水泥的建筑物在分割天空的同时，也分割着人们的感情。心与心之间隔着防盗网隔着警戒的目光。难道人心冷漠了？难道温情脉脉的面纱也没有了？事实上，面纱是可以撕去的，心底的爱却永不会被剥夺。只要一根导火索，生命中的爱火就会熊熊燃烧。

我们每个人的生命都很脆弱，只有用心连系心，用爱交换爱，这个世界才会变得更加美好。

让我们再一次为爱感动。

我们的生命需要感动。

胡洪侠 点评

感动不仅仅是一种情怀和素养，还是一种能力。是诸多生存能力中的一种。经历了诸多感动之后，体会过一次次虽感动而无力、虽感动而无望、虽感动而无响应、虽感动而无感恩、虽感动而无行动之后，我们感动的能力就渐渐失去了。连感动的能力都失去了，你就不会再心动，不会再流泪，不会再反躬自省，于是，你就不再是你了。

辑四　　　向西的旅程

雅安的微笑

第二次到雅安，仍然是细雨霏霏，若有若无的雨丝洒在脸上、头发上，没有什么感觉，已和潮湿的空气混为一体了。

雅安距离成都二百公里左右，到处都可以见到像庄稼一样疯长的高楼大厦，而雅安还保持着它古朴宁静的风貌。除了从成都到雅安的这条高速公路以外，这座小城没有什么变化。雨中的青衣江依然碧绿，舒缓地移动着。参差的人家在雨雾中温馨而宁静，站在青衣江的大桥上，我又想起了那回眸一笑的女子。

也就是这座桥，这个位置上，我和另外三个研究生同学，风尘仆仆地从西安出发，沿宝成铁路，穿越秦巴山脉，到了成都。连成都都没有好好地看上一眼，就在成都火车站的左近搭上长途汽车，又经过四五个小时的颠簸，才站在这座桥上，当时真是人困马乏。我们急于寻找住下的地方又不知就里，好在隔着细雨霏霏的空气，一抹夕阳出奇的艳丽。前面一个女子在缓缓地行走，要问路的我们就上前招呼了一声，那女孩蓦然回首，灿然地一笑，就在这一刻，奇迹出现了。那是怎样的一种笑容，没有任何的脂粉气息，只有青山绿水孕育出的清纯。与朗朗的笑声不同，含着宁静的羞涩，不像牡丹、芍药那样蓬勃而艳丽，只是百合般地静静地绽放。桥消失了，青衣江远去了，耳边听不到任何的喧闹与嘈杂；天地间只有这个女孩在夕阳下绽放的微笑。几个同学都噤了声。什么一笑倾人国，再笑倾人城；什么邻家之女嫣然一笑，迷阳城，惑下蔡；什么六宫粉黛无颜色，历代大师的语言精华在这一刻都显得苍白无力。在这个十六七岁的雅安女子的一笑中，我们发现震撼性的美丽。洁白的皮肤，如皎月般的面容，那一弯漆黑的秀眉，晶亮的眼光，苗条的身材，就这样深深地刻在了我们的脑海中。

那一夜我们聚坐在一起，早已把这个历史上的西康省省会，这里馆藏的最丰富的国民党政府在四川的史料，都抛在脑后了，只是尽情地谈论着这灿然一笑。在中天明月的窥视下，在这座静谧的小城里，我们发现了魅力的极限和清纯的极致。

正是这一笑注定了我在十五年后又站在这青衣江的桥头。

晚上，雅安的李专员和文化局的罗局长为我们洗尘。席设在一个藏人开的饭店里，我把这个故事讲给他们听，李专员哈哈大笑："我们雅安的三绝，你一下车就赶上了两个：雅雨和雅女。我们现在就开始品尝雅鱼。这种鱼只有青衣江出，这是生长在石隙之中的一种鱼，似乎只吃江底的青苔。它的珍贵在于每年只长一寸，如此看来，吃到尺把长的雅鱼，恐怕要品尝十年的滋味。为了你那十五年记忆中的灿然一笑，我们今天就吃两条吧！"

专员文雅而豪放，知识渊博。特别是对这方土地，他在这里前前后后待了将近三十年。讲起雅安的风物真是如数家珍。

雅安地处成都平原的最西端，紧倚着二郎山，青衣江穿城而过，西汉时置放州府，至今还保存着汉代王侯的石棺和线条粗犷的汉代石刻。墓头的阙更是国家级的瑰宝，那汉砖上的雕刻古朴而生动，线条流畅，是海内外汉学专家争相一睹的国之瑰宝。

扬子江心水，蒙山顶上茶。茶圣陆羽用这两句话道出了蒙山茶的珍贵，蒙山就在雅安的城外。那茶泡在水中，碧绿得赛过翡翠，透射着人间绝有的情愫。茶圣认为，用镇江金山寺边上的天下第一泉水——据说这泉水源于长江中游江底的石隙中，泡蒙山顶上的绿茶乃是享清福的极致。

"原来如此。"

"不仅如此，"专员说，"雅安还蕴藏着中国最好的汉白玉，雄伟的毛泽东纪念堂的汉白玉雕像的石料就是从这里开采的。而号称'中国红'的花岗石，更是蜚声海内外，万千豪华的宾馆、殿堂都会看到。这赭红色的、纹理细腻的、发着柔和光彩的美石，就像我们杯中的樱桃酒一样。"

　　说到樱桃酒，是因为雅安的气候适合最上乘的樱桃树生长，这里有中国最大的樱桃林。每当暮夏时节，林中群莺乱飞，树上缀满了一颗颗红玛瑙般的樱桃，在雅雨的滋润下，闪着晶莹的光辉。品尝杯中的美酒，清香而甘冽。精明的上海人，把这种酒运到上海，重新一包装，在金茂大厦每一杯就是四十美金。

　　把握着手中的美酒，专员的话题又把我的思绪引向了艰险奇绝的腾越在崇山峻岭中的川藏公路。十五年前，早晨五点钟，我们几个同学就顶着满天的星辉，坐上长途汽车沿着川藏公路向二郎山进发了。汽车颠颠簸簸发出沉闷的吼声。在经过天全芦山的时候，颠簸的车厢时不时地把人抛离座位，每个人的头上至少被车顶碰了两个包。我们心中恐惧地死命抓住前面座位上的靠背，怎么也想象不出这里就是红四方面军要南下入川吃大米的根据地。当年的张国焘正是用这句极具诱惑性的口号实现着分裂红军的图谋。当黎明的曙光映在车窗上的时候，我们已经攀上了二郎山的半腰。在一个用茅草搭起的藏人的小吃店里下了车，几个人分食了一沙锅热气腾腾的煮豆腐，添了几口糌粑后，汽车向着更险要的高处进发。我们真不希望白天的到来，糊里糊涂的危险总比亲眼见到的危险就在你身边要好过些。一边是陡峭的山壁，中间是只能单车通过的公路，距车轮不足尺把，便是深不见底的峡谷。只要司机打个盹，一切就都没了。我亲眼见到一辆停在路边的汽车一只车轮已经悬空，只有另外三个轮子还在地上，猜测是司机在最后关头死命地刹住了车。司机就静静地蹲在车头前抽着烟。就在这种惊骇之中，汽车终于爬上了二郎山的山口，山口终年积雪，没力的正午太阳似乎是另一个天上的雪点，奇寒袭来，我们几个人就在车厢里瑟瑟发抖。只有穿着一袭蓝色的旧棉大衣、捂着大口罩的司机镇定自若，汽车飞驰般地向山下冲去。

又转过一个山头，道路似乎平缓了许多。提起的心刚刚放下，每个人又复正襟危坐地从容起来。窗上又渐渐地见到绿色。这时天外似乎又传来了沉沉的雷声，看看天，万里无云，怎么回事呢？正当大家纳闷的时候，汽车又飞驰了五六百米。突然，天际的雷声变成了耳畔的轰鸣，一条大江奔腾咆哮于崇山峻岭之间，这就是大渡河。威悍而恣肆，从蛮荒时代奔流到现在，正如杜甫说的："高山急峡雷霆抖，古木苍藤日月昏。"不能不赞佩诗圣在满腔的沉郁中，面对此类大河的壮烈奋发。人间的奇景都在险绝之处，人生的感受也都在这峰回路转的一刹那。

大渡河、青衣江与岷江都是长江上游的支流，都从这雪山峡谷中奔涌而出，它们汇聚在举世无双的乐山大佛脚下，组成浩瀚的汪洋。进入宜宾，就是金沙江了。它展示着原始的伟力，推动着兴衰起伏的人类时代。驻足在泸定桥头，眼前的石碑上是康熙皇帝御题的"泸定桥"三个大字，脑海中似乎又浮现出红军当年抢渡时的枪林弹雨，还有安顺场上的十八勇士乘坐的一叶孤舟。再上溯历史吧，太平天国时的翼王石达开因不满足于太平天国的内讧，率领大军从南京毅然出走，经过艰苦的转战，也来到了大渡河面前。站立在这大河前，也许是被奔泻的大河所感染，用诗歌直抒胸襟。

挺身登峻岭

举目照遥空

剑气冲北斗

赋诗亦为雄

但就在他抒发慷慨的时候，一支来自湘江的部队已经在大河对岸列开了阵势。石达开在无奈之中曾经带着儿子亲诣湘军大营，希望以自己的血肉之躯去保住十万弟兄的生命。但战争不认这种悲壮的举动，石达开和他的十万大军最终都被屠戮，在崇山峻岭中走完了他们最后的历程。

雅安到今天还是静谧的，寻常的百姓和外地的游人还在叹赏着雅女、雅雨、雅鱼，但在它方圆四千多平方公里的土地上，包容着多少人世的沧桑和惊心动魄的历史事件。

大渡河咆哮也罢，青衣江无语东去也罢，湘江向北溯上也罢，最终都汇入了浩瀚的长江。是的，许多东西最后都是过渡的产物，雅安静静地注视着这一切，依旧平静地续写着她的历史。

董韶华 点评

多年前，我就被京生这篇《雅安的微笑》勾起了对川西小城雅安的神往。

后来，有机会去成都，特意多留了几天，专程去雅安，寻找雅女的"灿然一笑"。

到达雅安时，是一个细雨霏霏的雨夜。雅安多雨，据说，一年有三百个雨天，故又名雨城。好在雅雨知人意，总是温润雅致，如丝如缕，湿面不凉。

次日早起，在晨雾雨雾中依稀可见青衣江上的廊桥，心想那就是作者二十多年前初见雅女的地方吧？不禁举起相机边走边拍。无意中，一个身穿城管制服的女孩闯进了镜头。哦，雅女！细白水嫩的肌肤，弯如星月的眉眼，苗条轻盈的身材，无不印证了作者当年对雅女的典型描述。我借问路与她搭讪，她自顾玩着手机，并不热心对答。我无话找话试图让她抬起眼皮，希望从她的眼睛里看到"青山绿水孕育出的清纯"，期待得到她一个"百合般静静地绽放的笑容"。但这个90后女孩的心思全在手机方寸之间，汲汲于屏幕中的短信往来，怠慢了人世间的温言笑语。至此，我才幡然顿悟，这个信息化的e时代，距离那个发现了"魅力的极限和清纯的极致"的年代，已经换了整整一代人了。

是的，时过境迁二十多年了，雅安依然多雨，雅鱼依然美味，雅女也能在街头巷尾中不期而遇。可是，那种让几个莘莘学子怦然心动而聚谈一夜、记忆终生的清纯少女的回眸一笑，那个足以惑阳城、迷下蔡的雅安的微笑，难道竟成了绝版吗？

邓康延 点评

我看过民国雅安的两则记载：金陵大学电影专业老师孙明经抗战逃难经过雅安时发现，学校的建筑比县政府的好。县长回答：刘文辉主席说了，县府奢华过学校，枪毙县长。孙先生还发现一个乡长寿老人多的秘密，他们不喝酒不抽烟只喝雅安茶，他们在大雨中接"天水"，在拉云、储云、煮云的豪迈声中，茶道人生，天地交融。江山浩然气，尽在一壶中。不知雅安如今如何？

向西的旅程

一

对一般的游人而言，在敦煌其实寻找不到什么，尽管它是蜚声世界的。

这座艺术的宝窟，是因为外国人偷偷摸摸地潜进，那些被盗的壁画和经卷，确曾轰动一时，但现在也只是隔着波涛滚滚的大洋，被装在博物馆和图书馆里，供专家观看、抚摸。而我们在敦煌的石窟里，除了讲解员图解的几个佛教的故事，还留在记忆中外，便只有了斑斑驳驳、烟熏火燎的一些印象。这真有点以浅薄去丈量雄深雅阔的味道。我脑海里一下子闪出了璞山之玉的典故，更恨自己不识货，又没有痛苦的心态。于是几个朋友一哄出了敦煌的石窟，走进无垠的沙漠。

黄沙向蓝天展开着，一座座沙丘就像凝固的金黄色的波浪，我们大汗淋漓地爬上了鸣沙山，蓦然回首看到月牙泉的时候，才在这古老而荒僻的地方第一次觉得震撼。

月牙泉的形状，自然像一个月牙，只不过天上的月亮是白色的，金黄色的，最美丽不过的是，皎洁中透着微红的圆月，而眼下的这个月牙，则是湛蓝而安宁的。波澜不兴地、静静地躺卧在金黄色的沙浪之中，正如浑金中镶嵌着一弯翡翠。湖水蓝得连周边绿树的倒影都没有，蓝得见不到湖底。就这样，黄与蓝主宰着，让所有的生灵在惊叹中噤声。所有到过鸣沙山的人，在欢腾地从山上滑着响沙一跃而下的时候，都曾在这美丽前噤声。除此之外，敦煌则别无可寻，只能在宾馆林立的小镇子街头懒散地行走……

然而，就在百无聊赖的时候，我们却意外地有了发现。两辆崭新的一尘不染的三菱吉普，就展现在眼前，一看牌号更大吃一惊，原来是西藏的车。两个西藏的司机正费力地把半只刚刚屠宰的羊搬上车的后厢。他们脸上的皮肤透着西藏人特有的焦黑，头发微微地弯曲，头上扎着红布带。敞着胸，胸前的肌肤则是晶亮的，似乎什么东西碰上去都会反弹回来。弯曲的藏刀就别在腰间，油污间还看出那是银的刀鞘。"康巴人"，一个朋友一下认出了他们在藏人中的角色。据说康巴人是藏人中最剽悍的一支。男人都如猎豹般敏捷，女人则以柔韧的腰肢，优雅中带着天真的野性的笑容而著称。我们欣喜地发现，他们能说一口僵硬的汉语，据他们说，是刚刚拉着几个老外从拉萨到敦煌，现在正准备空车返回拉萨。那半爿羊肉正是路途上的干粮。"那我们也进藏吧，这正是天赐的良机。"几个朋友一商量，立刻为这新奇的想法激动。跟两个司机一说，没想到出奇地痛快。他们一开始执意不要我们的钱，还说有几个客人旅途上不寂寞了，钱他们送外国人时已经赚到。一番争执之后，他们终于收下我们两百元钱。我们又往每辆车上搬了一箱啤酒。两个康巴人开心得要命，大家约定第二天早晨 7:00 从敦煌出发便散了。

二

什么叫大路通天，走在青藏公路上你才有深切的体会。它不像川藏公路曲折盘旋狭窄，行驶在崇山峻岭中，时不时会发生雪崩、泥石流。狭隘的路一边紧贴着山壁，一边临着深渊，令人目眩。青藏公路的大部分是宽阔平坦的，随地势两边渐渐升高，坐在车上你基本感觉不到海拔的上升，两面是一览无余的戈壁和灌木丛。公路就在戈壁和灌木丛的转换间向前延伸。在这样的地方行车，呼吸都变得顺畅，心情也变得轻松，正如远天铺展开的白云怡然地舒卷。我祈祷这美丽的开始，能够昭示着美丽的全过程。几个人说说笑笑，一晃就过去了三四个小时。直到柴达木盆地那八百里盐湖展现在眼前的时候。

刚进盐湖，倒也没有觉得什么。眼前涅白色的起起伏伏的盐湖和戈壁也没什么太大的差别。但是随着汽车的行驶，我们愈来愈被别一种感觉——死寂所笼罩。四周围除了汽车的引擎和车轮碾过的盐铺的公路的声音外，再没有了任何声息。八百里盐湖内寸草不生，生灵绝迹，连空气都是凝固的，没有一丝微风。在沙漠中有时还能看到鸟儿迅疾地飞过，而这里空无一物，车厢内似乎也被这种死寂所笼罩，每个人都睁大眼陷入沉思中。我的脑海里忽然响起了那篇《吊古战场文》：

　　浩浩乎，平沙无垠，空不见人，鸟飞不下，兽挺亡群。

　　那凄惨的古战场已经够瘆人的了，而与这种死寂对比，古战场简直可以显出生命的欢闹。远古的祖先是从这种死寂中走来的吗？未来的人类会不会重新走入这种死寂？当一切都不复存在而只有人类的时候，人生的意义又在哪里呢？这一些人生的命题突然涌入脑海，就在这种压抑而浮想联翩的状态下，我们默默地航行在盐湖中。夕阳西下了，突然，不知谁喊了一声："快看！"我们斜侧着向车窗外看去，先是一株、两株，接着是成片的、无边无际的植物群，在夕阳下通透地发出金黄色的光芒。每株植物全都长有七八片叶子，半尺多高，株株玉立连成一片。叶子是椭圆形的，每片叶子又如铜钱一样的厚，却是黄色、透彻。在如火的夕阳下，在这茫无人迹的荒原中，这种叫不出名字的植物像是在寂寞地燃烧着。如果我们感动于凡·高笔下的向日葵，那么这成片黄色的植物，会以它的寂寞、热烈和纯粹让我们疯狂。

生命重新回来了，圣洁的、通体透明的黄色的枝叶昭示着更瑰绝的另一种绮丽，金黄色的植物与刚刚飞驶过去的死沉沉的盐湖形成了生死之间的奇妙注解。是的，生命的存活，感悟和灵性是只有在看到其他生命蓬蓬勃勃的时候才会真正有了意义。生命就是这样启动着、互相欣赏着。

车厢里重新恢复了喧闹……

三

格尔木距离我们离开的敦煌有五百余公里。在两辆"巡洋舰"（三菱吉普又称"巡洋舰"）驶进这

座水城的时候，我们又感到了人间的喧闹、混杂的说
不清的食品味道和满街的尘土飞扬。它就在青藏公
路边上，人口大约是几十万。它之所以能够聚成城镇，
最初是因为这里设立了兵站，所有进藏的物资，起初
是军用的，其后是五花八门什么货色都有，在这里聚
集。这里甚至有服装的批发市场，蔬菜的批发市场和
粗糙的手工艺品。从这里再出发，青藏公路就开始
蜿蜒盘旋。踏入了昆仑山的门槛，河流明显多了起来，
在它的不远处，或者说紧靠着城边，就是青海的草
原。傍晚时分，我们走进了一家尘土飞扬的餐馆，
胡乱地点了几个菜和两扎啤酒吃了起来。而那两个
康巴人却执意不和我们同吃。他们打开汽车的后厢，
翻下了那半只羊肉，原来他们在临出发的前一天晚
上已经找地方把这羊肉煮熟了。他们就这样从腰里
拿出藏刀，打开两罐啤酒，喝一口酒，削一刀肉地
吃了起来。看到他们那样安闲地吃喝，真令人羡慕。
原来，真正的放松就是这个样子啊。我们被他们的
安闲和惬意所吸引，也围了上来，开始和他们对喝。

越喝兴趣越浓，晚风习习中，突然那个叫嘉措的司机轻轻地唱了起来：

你走过茫茫的高原，

没有黑夜也没有白天，

啊，这世界寂寞而浑圆，

啊，昨天的太阳属于昨天，

明天又一个崭新的誓言。

……

微风习习，把杯细听，那歌声一直飘忽而去。从点点星星的灯火的城市中向广阔的草原弥漫，弥漫。

胡野秋 点评

向西的旅程，其实就是寻找雄性的旅程。

作者去了敦煌，被鸣沙山和月牙泉的金黄与湛蓝所震撼。但出乎意料的是，他比一般的行者挑剔，居然在敦煌感到了"百无聊赖"。两个康巴汉子的出现，让他和同伴临时选择了继续向西：西藏。

此时，读者恍然，作者内心一直有一种深藏的悸动，他需要新的激情和冲动，需要更加狂野和粗犷的生命力。在向西的路上，感悟无处不在，盐湖、深渊、灌木、死寂，康巴汉子不进酒肆拔刀削肉，与"文明"的旅行者截然相反，但结果是"文明人"被吸引过去，最终"我们被他们的安闲和惬意所吸引，也围了上来，开始和他们对喝"。

向西的旅程，是都市生活向壮阔原野的出发。

既是出发，也是回归。

王侯事业

南京吸引人的地方，是常常地能令人感叹。

在这里即使是走在宽阔的长满了法国梧桐的路上，也会随处感受到那兴亡遗迹的凄然之美。古老的乌衣巷口也罢，繁华杂乱的夫子庙也罢，无不让人联想到当时的繁华兴盛和突然间的衰败。没有一座城市在中国能像南京这样忽然间地蓬蓬勃勃又忽然间地归于沉寂。正如那冲天一样的大火，最终化成的只是几堆余烬。

而真能体会到这座城市炎凉的，莫过于诗人。"山围故国周遭在，潮打空城寂寞回。淮水东边旧时月，夜深还过女墙来"，就发出了千古的浩叹。而"王濬楼船下益州，金陵王气黯然收。千寻铁锁沉江底，一片降幡出石头"，则毫不留情地揭开了这座古城的屡屡屈服于外力的令人叹息的历史。

　　每当春天明孝陵前无边无际的梅花在早春的清寒里绽放的时候，也不能改变这座城市的无奈和凄美。

　　说到明孝陵，自然就联想到朱皇帝生前的是非功过了。在朱元璋身上，典型地凝聚着中国农民的艰苦、胆识、多疑、狡猾与自私。这类由草莽而成皇帝的人，在复杂中透着极度的简单，似乎没有终其一生的优点，也没有终其一生的缺点。当其啸聚山林，起于草莽之时，他有如山的义气和掷地有声的誓言，由此才可以感动纯朴的农民，招纳散兵游勇，聚集天下的豪杰，成其霸业。困苦的农民正是被他们的魅力所吸引，才愿意揭竿而起，铤而走险。那在历史中的篇章是激越的、雄浑的，在刀光剑影中折射着人格的伟力。据说，当时的朱元璋很豪迈，有一次和一个武将坐下来谈诗，两个人其实都不懂诗。武将先说了一句："我的长鞭鞭赶日。"朱元璋顺眼看到了长城，也便随口一句："扯开大锯锯青天。"在粗野中透着豪迈的胸怀。

　　然而，一旦坐上了江山，我们便再也见不到这种潇洒和豪迈了。到处充斥着猜忌、狐疑、阴谋与诛戮。中国历代的农民皇帝没有一个例外的，都会在取得政权后大杀功臣，甚至残害同胞，正如奔腾咆哮的大河，突然漩涡急转，层浪迭出，呜呜咽咽。

　　据说，朱皇帝在打下天下后，有一天带着文臣武将同游莫愁湖，春和景明的湖水浩渺无垠，登上湖畔的一座雕梁画栋的小楼，极目骋怀，更有一种天下在握的喜悦。朱元璋突然对大将徐达说："打仗的时候我与你对弈，你总是在最后的关头输给我。今天下已定，我们君臣可不顾礼节，放手一博，看一看你我的棋力到底如何。"徐达领命，君臣二人便端坐楼上，相互在棋盘上厮杀起来。这盘棋杀得难解难分，群臣也看得目瞪口呆，当一道残红铺洒在莫愁湖面的时候，棋战终于结束了。皇帝以半目胜出。他哈哈大笑，觉得畅快无比。这时徐达站起来对他说："陛下，你请过来看。"朱元璋狐疑地看了他一眼，走到徐达下棋的这一侧仔细观瞧，但见白子黑子纠缠扭结在一起纷纭缭乱，待仔细定睛，却突然发现，那看似无序的白子却在棋盘上摆出的是"万岁"二字。这需要多么深厚的功力和奇巧的匠心啊。朱元璋不禁龙颜大悦，群臣也山呼万岁。想到徐达和自己出生入死，现在又这样煞费苦心，朱元璋当即宣布，把这座下棋的楼赐给徐达。于是这座楼就叫"胜棋楼"。

兴奋总是暂时的，特别是在被权力和猜忌吞噬的情况下。朱元璋越想越不是味道，他突然感觉到在这恩赏有加的背后，似乎潜藏着无穷的嘲笑和戏弄。于是，乌云出现了，雷霆震怒了。震怒的雷霆刚开始并没有发出声响，而是窥伺时机。机会并不来源于徐达的过失，那样朱元璋就可以轻而易举地置他于死地。谨慎的徐达似乎永远没有错，直到他背上生了一个恶疮之后。朱元璋立刻派内官提了一只煮熟的肥鹅送给徐达。以中医而论，疽发于背，在外涂药物的同时，清心寡欲，粗茶淡饭，耐心调养。最忌讳的就是吃发物，而鹅又是中医认为的发物之一。徐达不会不懂，农民出身的皇帝朱元璋更不会不懂，吃了会加剧病情，甚至丧命，不吃则是抗旨不遵。徐达只能含着泪把整只鹅吃下去。大疮立刻迸发了，比大疮更残酷的是徐达肝肠寸断。这座胜棋楼就这样永久地丧失了它的主人。

莫愁湖的得名，本来就有莫愁女的故事，这故事同样凄美动人，这里不再赘述。后来据说清代的一个状元，在游览莫愁湖的时候，就在这座胜棋楼的门柱两侧题了一副对联：

粉黛江山，留得半湖烟雨；
王侯事业，都如一局棋枰。

是的，今天到哪里去寻找莫愁的倩影呢，又到哪里去寻找朱元璋的雄图霸业和立下屡屡战功的徐达呢？走在烟雨蒙蒙的莫愁湖边不能不感叹美丽的易逝和事业的倏忽，正如这偌大的六朝金粉之地的繁繁复复的故事一样。

王雷 点评

作为六朝古都的南京，显然是一个历经沧桑而丰富厚重的城市。

作者引领我们在城市的历史和散落于民间的掌故，以及历代的诗歌中穿行，去品味一座古城沧海桑田的变迁，去领悟盛衰荣辱变幻无常的世事人生。

其实南京的兴衰是世界文明兴衰的缩影。朱元璋和徐达的故事，是千千万万个很相似的宫廷故事、官场故事中的一个。在历史的长河中，鉴人看事，也几乎如此——人们创造了灿烂的文明，然后又不断地毁灭它们——阿房宫是这样，圆明园是这样，南京城是这样，柏林城是这样，纽约的双子塔也是这样。

但愿跨入 21 世纪的人类，能加快文明的步伐，不要再出现伟大的城池被创造又被毁灭的悲剧，也别再上演朱元璋和徐达这样的悲催故事。

壶 口

壶口使人震撼。

四百米宽的大河像被卡住了脖子，一下收束成四十米。悠闲的、漫不经心的黄水陡地紧张起来咆哮起来狰狞起来，迅速地集结，憋出一声横亘千古的沉闷的呼吼，先是如万马披鬃般突然跃起，继而前仆后继地跌下四十米深堑。这一跌是跌痛了跌急了，于是没命地沿着三十来米宽的深槽奔突，像急急的不见其首的黄色巨蟒狂扭匪窜。

没有青天没有绿荫没有山民，到处是黑色坚硬层层垒垒的石床。天地间笼罩着击腾起的浑黄水雾，回荡着旷古就有的轰响。它排挤一切生灵，使之噤声瑟缩。极目四顾，也只见寥廓中静得可怕的蛮荒。

壶口太野了。从南泥湾到此不过五十余公里，从宜川到此六十余公里，从山西的吉县到此四十五公里，但是，无论从哪条路来此都像走进了史前。

　　"黄河之水天上来","黄河西来决昆仑,咆哮万里触龙门"。一直认为最写出黄河气势的是李白,但在壶口,这壮丽的诗句已成了柔弱斯文的叹羡,我想诗仙是没有到过壶口的,不然不会不写壶口。不只是他,我甚至不清楚有哪一位历史上的名人来过这里,也不知是轻视呢,还是被其所震慑?曾在陕北住了七八年窑洞的毛泽东也没有在此留下痕迹。那展示他丰功伟业的纪录片,开头和结尾都借用了壶口的外景,但站立在壶口边上的已是后人精心的制作了。

　　"天下黄河一壶收",天下的气势亦被一壶收尽。

　　泾河与渭河都是关中注入黄河的支流,两河夹带的平原就是古老的咸阳。所谓咸阳就是两河之岸都有朝阳的地方。咸阳方圆也就两三百里,但是仅从秦到唐的古人大墓就有一千多座,如果登高一望,平原阡陌间到处都见硕大的坟丘,那埋在土丘下的枯骨,活时恐怕都有骄奢淫逸的享受,死了还要做出土堆,要别人纪念。"长空澹澹孤鸟寞,万古销沉向此中。

看取汉家何事业，五陵无树起秋风。"那冢中的枯骨在默默腐烂，只有壶口间一泻千里的黄河开拓出万世胸襟，涤荡出伟大的平原。

尹昌龙 点评

"天下黄河一壶收"。要写出这等令人震撼的气魄，不是一件容易的事，正是从这种意义上讲，《壶口》堪称一篇美文。

单是文中写景的节奏感，就令人称道。先是四百米与四十米的两个数据，写出由宽而变窄的瞬间"收束"，然后又写直落四十米的下跌，一下子就把壶口的气势烘托而出。但接下来，笔锋忽然一荡，用一句"这一跌是跌痛了跌急了"的话作一个垫脚，然后再写大河的奔突，其间的错落有致的层次、急缓搭配的从容，体现出老练的操纵叙事的能力。

其实要写的还不只是壶口本身。文章由黄河水的空间绵延，再转到历史的时间绵延，自此纵横捭阖，议论秦汉，议论"五陵无树起秋风"的平原阡陌及汉家事业。无尽的联想打开了另外一种广阔的空间，而"壶口"则成了通往这个世界的窗口。

推开香港这扇窗

这就是香港：虽弹丸之地却沟通全球，虽资源短缺却富甲一方。

有一种说法：可以把亚洲分为海洋亚洲和大陆亚洲两部分。两者的连接点就在珠江入海口，在它的周围将崛起世界上最密集的城市群。

这种说法正在得到印证：香港、广州、深圳、东莞、中山、佛山，正爆发着惊人的经济能量。特别是香港与深圳更以其骄人的业绩，演绎着代表当代华人经济圈的双城记。

黄土地与蓝海洋在此碰撞连接。

我们曾经重视黄土地而忽视蓝海洋。在河南开封我知道了，这七朝古都并不是目前的城市，过去的开封深埋在地下。在这城市地下五米是明代的开封城。在十至十五米处掩埋着完整的北宋皇都，再往下还可见到战国时代的大梁。

因为开封的边上就是黄河，它的每次泛滥都将上游挟来的滚滚泥沙淤积在这里，直至将这可怜的城市淹埋掉。令人惊心动魄的是，每次黄河将旧的城市淹埋后，人们又在原址上建起新城，并沿用旧城的名字，变更的朝代也反复选择它为都城，而不惜再一次被淹埋。

原因很复杂也很简单，这里是中原腹地，古人认为居天下之中。居中者为上，可以号令四方，让四夷来服。而万里海疆不过是遥远的边界。

我们居中自傲，因此我们千年孤独。直至太平洋的盛风强劲吹来时，我们才倍加珍惜那广阔的海洋。

黄土地与蓝海洋在我们民族胸中的分量在今天是相等的。

香港是一扇窗，窗里是黄土地，窗外是蓝海洋。

推开香港这扇窗吧，让万千丘壑直视大洋。

胡洪侠 点评

　　我曾说过一句话："我热爱深圳。热爱深圳的理由中，有一半是因为香港。"我真是这么想的，至于具体理由，你们都懂的。

　　每座城市的坐姿是不一样的。香港的坐姿是面向大洋的。而滨海的深圳，又是哪一种坐姿？我们能够经常想到我们是滨海城市吗？我们是不是只有去了大鹏半岛，才能找回点滨海的感觉？想想吧，此中或有真义。

造他一个香港

有些人说：特区应该更"特"一点。怎么样更"特"？

本刊看，索性就造他一个香港，内地的第一个香港。

现在是研究的时候，应该也是有所行动的时候了。

其实，很多人早就开始议论这个问题，开启这个议论的是决策人物，而后，专家学者的真知灼见便不绝于耳了。

本刊认为，要真的下决心造。首先是将许多的有色眼镜摘下来，没有任何遮拦、顾虑地直视香港，研究香港的民情、民俗、产业结构、管理方法，特别是它的法制文化程度。深圳要想更"特"一点，根本有赖于这327.5平方公里土地上的法制文化的水平。

否则，辛辛苦苦造了半天，没有法律做保证，没有社会上法制文化的高度建设，可能会有学其皮毛之虞，甚至会有风吹草动时付诸东流之虞。

再就是，重视中、长期发展的思考，这就要好好看看深圳，将那不利于深圳发展的因素、隐患，早做研究、准备，以便一个一个地克服掉。能源啦，交通啦，产业结构啦，教育文化啦。但问题中的问题一是保持和发扬深圳地区的活力机制问题，一是人口问题。譬如建国之初，一派的欣欣向荣，可谓活力充沛矣，可谓人口适度矣，然而……这可是积四十年之经验与教训。

本刊愿直言宣告：发展中的深圳，开创在内地造香港的工程，需要市委、市政府在法制基础上的权威，全体市民、全体青年必须维护这一权威，任何有损市委、市政府权威的事情，无论是来自社会，还是来自机关内部，都将损害全体市民、全体青年的利益与幸福。本刊必立于批评的立场。同时本刊认为：权威的确立必得以法制得到，必得政府不断清除自

身有玷权威的行为，腐败行为。

深圳现在是天时、地利、人和。

那么，"你大胆地往前走，往前走，莫回头……"

胡洪侠 点评

"造他一个香港"？有气魄。不容易。

问题是，曾几何时，我们有过多少石破天惊的想法。如今，想的人慢慢少了，想法慢慢少了，为这些想法鼓与呼的人也慢慢少了。

少了很多的"惊天一呼"；

少了很多的"一舞剑器动四方"；

少了很多的"吾将上下而求索"；

少了很多的很多……

香　木

香木是一种历尽沧桑的树。

它又名蜜香树，树汁经提取沉积而成香料名沉香。沉香以产于粤之东莞者为最，名莞香。早在郑和下西洋的时候，莞香已有了出口的幸运，那个装船起航的地方由是名香港。

后来康熙皇帝鄙视洋人而海禁迁界，后来乾隆皇帝更写信给英王，倨傲地宣称：在统治这个广阔世界时，我只考虑一个目标，即维持一个完善的统治，而根本不需要贵国的产品，当然中国的商品也就不必运往外国。于是莞香衰落，香港寂寞。

就有了香木祭：港人将香木点燃，向龙庭和南海遥祭，乞求着贸易再度兴旺。浓烟与异香冲天，整棵整棵的香木被当做祭香点燃，香港成了大祭坛。

祈祷无用，再次打开贸易大门的是有别样异香的鸦片和吐着暗红色火光的枪炮。香港又热闹起来，只是不见了香埠头（尖沙咀）那满载莞香的如织船只，凋零的香木也成了几处山坡上仅见的野树……今年三月，深港两地的两千多名青年联合植树，他们种下的 1997 棵树，组成一幅壮阔的中国地图，那树就是香木。而在距离不远的地方，有一棵树单独鹄立着——那是邓小平手植的高山榕。

它们都在静静守候着，守候着一个沧海变幻的诺言；

它们都在默默生长着，生长着一种直指蓝天的昂扬！

董韶华 点评

京生的文字，思想张力大，时空感强，短短数百字，思接千里，意涌八方，使人读之如坐春风。

1997 年 7 月，香港回归，举世瞩目。深港两地青年在深圳仙湖公园的山坡上共同种植了 1997 株香木，形成一幅中国地图状的香港回归纪念林。

作者就从香木入手,概述了数百年来香港的兴衰。据说,香木的树干,未受伤前是不会结香的。须经刀砍虫蛀,达到刺激活树体内致其分泌树脂,凝结于木材体内,经年累月才能沉积成香。如此看来,香木似与香港的命运有着某种相通之处。没有外伤,香木不会生成名贵的沉香。没有海外贸易,香港不会成为国际大港。竞争的法则,处处通行。

是的,如果没有港口开放,没有自由贸易,没有莞香出口,香港能会这么"香"吗?

往事不可追。如今,香港这个因香木而盛,因海禁而寂,后又因鸦片战争打开贸易大门的港湾,经百年沧桑终于回归祖国。英军撤离,港府易帜,那一刻,举国上下,无不欣喜若狂!

弹指又是十五年。香港"马照跑,舞照跳",变与不变,只在血脉里,只在枝叶中。当年深港青年共同栽种的香港回归纪念林里,1997株香木枝繁叶茂,远远看去,半壁山坡已长成一幅郁郁葱葱的中国地图。不远处,有小平同志亲手栽种的高山榕,树冠如伞,绿叶婆娑。

它们都在静静守候着,守候着一个沧海变幻的诺言;

它们都在默默生长着,生长着一种直指蓝天的昂扬!

中国人清楚

——写在香港回归之际

中国人清楚：自鸦片战争开始，列强即接二连三地将耻辱加诸我国。香港是最重要的见证。它在1842年被割让78.12平方公里，1860年被割让11.1平方公里，1898年被租借975.2平方公里，强迫中国割让和租借的是英国。

中国人清楚：我们的香港同胞历尽屈辱与磨难。就在祖国的鼻息下，他们被外人蛮横管治。日复一日地看着外国国旗升起，为他们女皇的生日和各种节日欢呼，不断地受到所在总督的役使，并看着外国军舰在自己的海疆游弋扬威。我国的文化与习俗则被伤害与歧视。一百多年了，天天如此，我的祖国，我的港人同胞是怎样一种苦痛！

中国人清楚：一百五十年来，一代一代仁人志士或激扬文字或战死沙场或呕心沥血就是做两件事情：一是不被外国人欺压，使世界各民族平等待我；一是改变积弱落后状况，使中国巨龙奋然腾飞。而香港问题能够解决，是因为我们开始强大。

中国人清楚：香港问题解决，推进中华民族一统伟业，缘起于邓小平，设计于邓小平。他态度之坚决，眼光之远大，思想之睿智，表明他是杰出的民族英雄。

中国人清楚：包容力是一个民族兴盛的标志。我们允许强占者和平从容撤退，表明我们的大国风度；我们主张港人治港，高度自治，五十年不变，表明我们对自己的同胞已习惯的生活方式的尊重。

中国人更清楚：香港的回归是严重考验，历史将忠实记录中国人运用一国两制的技巧，自己治理香港的结果，光复旧物的能力及恪守原则的精神。

无可争辩的事实是，我们经历了无数苦难，终迎来今天的辉煌，祖国已将香港热烈拥抱，表明走向 21 世纪的我们获得更惊人的力量。

求一个平等、求一个富强，勉乎哉——吾国吾民！

尹昌龙 点评

半个世纪前，闻一多的《七子之歌》唱出的是一个民族的辛酸，而半个世纪后，王京生的《中国人清楚》则讲出了一个民族的骄傲。

对于一个经历过屈辱与磨难的民族来说，香港的割让与回归足以牵动血肉，震动灵魂。香港的命运，昭示的是一个民族的命运。沧海桑田，海风吹拂五千年，"每一滴泪珠仿佛都说出你的尊严"。

回归之后的香港，还要走更长更远的路。中国人更"清楚"这样的未来："香港的回归是严重考验，历史将忠实记录中国人运用一国两制的技巧，自己治理香港的结果，光复旧物的能力及恪守原则的精神。"

由此，我们清楚"清楚"的重量。

五月的灵魂

在人类的各种品德中，最能体现出一个人胸襟、气节或志气的，我以为是面对"耻辱"时的态度，所谓知耻近乎勇只是一个浅显的表达。几乎所有大人物的辉煌都可以从他们面临大耻时迸发出的奇光异彩中被后世传扬。岳飞的怒发冲冠、英勇抗战，源于"靖康之耻"；勾践的卧薪尝胆，十年生聚教训，源自国破家亡的切肤之痛；伯夷、叔齐兄弟因商朝败亡，义不再辱，索性逃进首阳山，不食周粟而死。这些事迹不知教育了多少代中国人。

耻辱能激起万丈的雄心，成就别人无法成就的事业。很多时候倒不因惊天裂地的大事变，一句含有恶意的欺凌、一个冷峭的讥讽，甚或轻蔑的一瞥，都可能成为崛然奋起的原点。这又多发生在贫寒之士身上。

人是可以分成品类的，一切外在的东西，财富、地位、荣誉甚至知识，如果作为分类的依据，都会遭人讥评。唯有面对强加其身之辱时的气派，是摇尾乞怜、无动于衷，还是铿然振作、大义凛然；是立即面红耳赤，还是把力量用在心上，是区分真正的强者与弱者的分野，也是区别高贵与低贱的格调之别。于此观之，不能不推崇那大心胸的豪杰。韩信恬然而受胯下之辱，正表明了大丈夫的奇志，但这还不是我们最应敬佩的。70年代初，西德前总理勃兰特在大庭广众之下，面对"二次"大战中殉难的华沙犹太人纪念碑，突然跪下，真心忏悔。那一刻的肃穆，真让天地为之惊叹啊。

人是这样，民族也不例外。1919年5月4日那天，北京大学学生高呼着"外争国权，内除国贼"走向街头，这便产生了划时代的"五四"运动。那天学生们印发了宣言，也是那天唯一的印刷品，最后两句话是这样的：

（一） 中国的土地，可以征服，而不可以断送。

（二）　中国的人民，可以杀戮，而不可以低头。

国亡了，同胞起来呀！

这便是一个民族的气节了；

这便是垂八十余年中国人仍仿如昨日般记住那场运动的原因了。

这便是五月深深地熔铸在每一代中国青年灵魂中的原因了。

董韶华 点评

"五四"运动八十周年之际，《深圳青年》卷首需要一篇有思想性历史感的言论，京生是研究现代史的硕士，又是《深圳青年》杂志的创办人，对"五四"运动的精髓、杂志的风格、读者的需求都有非常清晰的理解与准确的把握。想想没有谁比他更合适担纲此文了，于是，上门约稿。此时的京生虽已离开媒体，从政多年，但在政务繁忙之隙，依然才思泉涌，即兴成文。

那天，杂志付梓在即，我心急如焚，赶到莲花山下的关山月美术馆催稿。京生只好让我稍等，放下公务，坐在窗前，铺开稿纸，现场作文。

"五四"运动，好大的一个题目。数百字限，让作者如何施展？我看着窗外浓浓的绿意，心里一半是等米下锅的焦虑，一半是百忙添乱的难为情。

而京生笔下，已是汪洋恣肆。从人类的品德到古今中外大人物的荣辱观到 1919 年 5 月 4 日那天北大学生宣言的最后两句话：

（一）中国的土地，可以征服，而不可以断送。

（二）中国的人民，可以杀戮，而不可以低头。

国亡了，同胞起来呀！

这两句话中的凛然气概，今人读之，依然血脉贲张。

这两句话透着的民族气节，穿云裂帛，让国人记住了"五四"运动，让青年读懂了五月的灵魂。

此外，作者除了信手拈来，收放自如地活用史实典故，用"倚马可待"形容这篇文章的创作一点也不夸张。从催稿到成稿，我杯中的茶水还是温热的。

上校的故事

这是一个真实的故事,就发生在1993年8月5日,深圳大爆炸的当天。

上校是研究防化专业的,刚刚来到深圳出差。

轰然两声接踵而至的巨响,把深圳这一天涂成了黑色,谁也不知道还有没有第三次爆炸,这意味着将死更多的人,特别是火灾现场。

是救火还是赶快撤离?倘若不救,迅猛蔓延的火势,将很快吞噬周围的一切。结果不是死几个人、十几个人,而是整个城市的毁灭,是几百万人生灵涂炭。如果救火,发生第三次爆炸怎么办?谁敢下这个令?所有现场的人都睁大了眼睛,所有的人心都突突地跳,世界在这一刻凝固、颤抖。

上校赶来了,同来的还有他的一位战友。"我是研究化学品爆炸的,我去里面察看一下。"上校一面说，一面穿上防火服。

没有人能够劝阻他。火焰映照着上校，一步一步向火海走去……

突突的火蛇仍然肆虐，周围的人们肃立着，群山肃立着，后面数不清的楼宇肃立着……

后来，隆隆的铲车开向了火海，强大的水柱压向了火海，几千个军人、干警冲向了火海。

这一切来源于上校的情报。

后来，记叙火灾议论火灾的文章连篇累牍地发表了，到处都在慰问烈士，纪念烈士，到处都在评功。不知是哪位细心的记者发现了上校，他的事迹在一张报纸不起眼的地方，占据着那么一小块版面。他的名字叫欧阳茂解。

胡洪侠 点评

凡是经历过深圳"8·5大爆炸"的人，读了这则故事，都会不由自主地震颤和震撼。二十年了，一切如在眼前。

　　这则上校的故事，应该有更多的人记住。这场大爆炸，应该有更多的人记住。我们不能总是那么容易遗忘自己曾经经历的苦难。

　　还记得，爆炸过后没几天，我写了一篇评论，倡议为"8·5大爆炸"立座碑。很遗憾，稿子给毙掉了。

力量的注释

读林语堂一篇小文章所举的两个例子，忽然悟出一些意思。

一件讲苏格拉底娶悍妇的事。传说苏氏未娶此妇之前，已知道她骄悍之名，他有解嘲方法，说娶老婆有如御马，御驯马没有什么可学，娶个悍妇，于修身养性的功夫大有补助。一天悍妇大发其悍，苏氏只好避出，刚到门口，又被兜头一盆水，正正淋在他的头上。苏氏仍能气定神闲地自嘲：我早晓得，雷霆之后必有甘霖。

另一件说美国伟人林肯，原来他的太太也是悍妇。一天，往林肯家送报的小孩不知怎么回事，被她莫名其妙地大骂了一通。这十二三岁的孩子向报馆老板哭诉，老板听了大概也很不开心，就去找林肯。这伟人却说："算了吧，我能忍她十多年，那孩子不过偶然地被骂了几句，算什么？"一个自嘲了事。
苏、林两位都是轰轰烈烈做大事的人，不想却是常闻
太太河东狮吼，这家中的胡闹，再坚强的神经亦要
受些影响，他们却能轻轻松松地调侃过关，并说出
其中的不以为耻的妙处，真是见了苦中有乐的心胸。

　　忽然又发奇想，他们二人都是雄辩滔滔的演说
天才，不知是否与在家中要不断地与悍妇巧妙地周
旋有关。性丑闻中的克林顿就没有这份机智、幽默、
自我解嘲的好口才，至多说了些前言不搭后语的谎
话。这大概也是他长期自我训练出的习惯，每每用
谎话哄瞒精明的希拉里，就这样说上了瘾。

　　故事往往有一个有趣的结尾，但缤纷的生活中
却充满荆棘，并常常没有结果。各种各样的伤害，有
意的、无意的、粗鲁的、狡诈的，如果我们去一一计较，
就会发现计较越多，就越尖锐残酷，于是雄心在纠
缠中泯灭，从容转化为暴戾，善良被代之以冷漠，
只有在这样的对比中，我们才见出了苏、林那似乎
随意的自嘲中的一份优雅和气度。

杰出的苏格拉底为了不背叛自己的学说，被判服毒自尽，直到毒性发作，还在镇定地解释真理；伟大的林肯历尽艰难，终于完成了国家的统一，自己却倒在血泊中。这是一种真的为理想而献身的勇气，他们赋予那一生无数的机智、幽默、自嘲以力量的注释。

胡洪侠 点评

忽然发现，"力量"这个词，我们现在很少用了。原来可是"核心力量""革命力量""群众力量"不离口的，怎么？如今我们不需要"力量"了吗？

如今的"力"与"量"似乎模糊了标准与方向。力量也有失序的时候。

我们最需要的，其实是改革的力量。这个力量无法由悍妇养成，只能在博弈中酝酿。

翻到第 272 页

一

这年头，什么是学问和怎么做学问都乱了套。

三十年前，内地的中国人很少有人知道金庸先生正躲在香港写武侠。有几个知道的，大概也把这看成是无聊的乐子。二十年前，那类戴着厚厚眼镜片的知识分子，还将武侠看成是遮天蔽日的文字把戏。他们只是迷惑不解，何以这类不登大雅之堂的把戏，让你不愿看却又忍不住不看？

就在这迷惑与不齿之中，却产生了这样一个事实：一是金庸先生的十五部著作每部平均重印都在一千次以上，达到了一般文人无法想象的高峰，其销售量连同非法盗印的在内，累计已达一亿本之巨，而金庸先生本人也有了十几亿的身价。二是邓小平也被证明是喜欢读金庸小说的，据说他老人家见到金先生的第一句话是"你的小说我是读过的"。无独有偶，海峡对岸的蒋经国先生也是个"金庸迷"。于是就有了"金学"家们摇头晃脑的称叹，就有了几十个国际性的研究"金学"的学术会议和同样数量的计算机国际网站。不能不让人想到"乾坤大挪移"和"九阴（阳）真经"一类。总而言之，吃惊之后是重视，重视之后是宣扬，宣扬之后便是对这类"胡说八道"的各种各样的破译。

二

其实，"胡说八道"有时便是大学问。想想中国古代的神话，称之捕风捉影也好，叫它白日做梦也罢，现在不也成了中华文化源远流长的象征？我们引以为傲的四大名著，一开始也都来自瞎着眼睛说大鼓的艺人，听热闹的也是些被看成群盲的市井百姓，可见下里巴人和阳春白雪本没有严格的区别。就如同现在狗肉也能上宴席，让人大快朵颐之余还能承载一份深厚的文化底蕴。

但是我们必须清楚：四大名著也好，源远流长的神话也好，直到金先生的武侠，要想上得宴席，最终的功劳还真不是那些瞎眼的艺人絮絮叨叨的结果，它必是经过也许几代才出一个的风流种子、又兼备奇异智慧的文坛大家含英咀华的结果。没有这类杰出的厨子，那狗肉便始终是腥臊黏腻的一堆，上不了台面。金庸先生就是这样一个几代才出现的风流种子，但他的高明是一步就跨越了说唱艺人的阶段，一嗓子就喊出了绝响。他动了动手，笑了一笑，挪移了一番，就有了金学。

三

金庸先生现在被抬得很高，有信徒已经在感叹他是世界上最伟大的作家，也有谦虚一点的称金庸和鲁迅在中国现代文学史上双峰并峙。我们正无所不在地感受着从金先生身上发出的一圈一圈光环。

但是说到底武侠必定是荒诞的玩意儿，愣是要从中窥出所谓的微言大义，左一个"考据"右一个"逻辑"地搞科研，越是容易离题万里。米兰·昆德拉说：人类一思考，上帝就发笑。十之八九指的就是这类思想着的芦苇。

《破解金庸寓言》一书好就好在以瞎说去解释瞎说，以荒诞去解释荒诞。在面对金庸十五部大作的哈哈镜面前，于哈哈大笑之中凸显出那些特点和本质。这倒是开了一条诠释荒诞的新路，于上天入地飞行中看到了极真实的芸芸众生奔波忙碌的现实世界。其实本来什么是学问，就不能由老夫子一个人乱说，而至于什么是做学问的路子也不必那么严肃。这本书是不是一条路子呢？至少是不是一条去破解金庸著作的路子呢？

四

十年浩劫初期大斗老干部，一批红卫兵把老元帅陈毅也拉上了台，让他低头弯腰、倒伸着胳膊做喷气机，他们要陈老总交代问题。元帅想了想，缓缓地说：请翻到《毛主席语录》第272页。那可是人手一册的时代，于是会场上响起了一片忙乱的翻书声。结果呢，没有一个翻到第 272 页。因为整本《毛主席语录》的最后一页是 271 页。愤怒的红卫兵大喊大叫，待他们喊叫完了以后，元帅缓缓地念道："毛主席教导我们说，陈毅是个好同志。"周恩来在旁边很儒雅地补充了一句："这是真的。"在我们的现实生活中有很多的"第 272 页"，这是正文里面没写清楚的，需要人们进一步去说的。写这本书的两个作者，一男一女，都是我熟悉的人。一开始并不知道他们鼓鼓捣捣地在做什么事儿，居然就鼓捣出这么一本不大不小的奇书。女的呢，以情动人，善于炮制现代版和生肖版，以感情细腻见长；男的呢，则是一个名副其实的"金痴"，经常于说讲金学中吐出惊人之语。说实在的，像他那样对"金学"有如此深厚感情的，我还没见到第二个，并且他本身就做着不大不小的生意，当然就炮制商情版，在他的眼中，丐帮就是一个集团公司。读了这本书，我最深刻的感觉不是破解什么金庸的奥秘、武侠的奥秘，而是破解了痴男怨女、红粉佳人的情感世界和你争我夺、纷纷扰扰、皆为利来皆为利往的现实社会。呜呼，荒诞的武侠推到了极致；呜呼，一本荒诞而真实之中不乏深刻的书出版了，值得祝贺。

尹昌龙 点评

用荒诞解释荒诞，对戏仿进行戏仿，这是本文的特色。文章可以是激情的产物，也可以是机智的产物。把金庸排到与鲁迅并峙的位置，这是一种迂腐的认真，而将之贬入狗肉之列，似乎又辱没了金先生的才情。于是，"翻到第272页"的荒诞，便成了最好的解释策略。这个策略至少有两点启示：一、解释可以是一种"瞎说"；二、"瞎说"可以是一种智力游戏。

辑五　　梦想的产物

移　民

深圳是移民的城市。

在深圳夏日的骄阳下，红红绿绿忙忙碌碌川流不息的是年轻的移民。

人们都说，移民是在寻找外面的精彩世界，深圳的世界比较精彩、诱惑多；我说，真正的移民是在寻找自己，看自己有怎样的大脑，怎样的身躯，怎样的力量。

人们说，移民最现实，因为深圳是个务实的地方；我说，真正的移民是梦想的产物，梦想着第二天的清晨，海水更加平静，天空更加湛蓝，托出一轮更加柔和艳丽的太阳。为了梦想，移民不惜舍弃过去的平淡、安宁、过去的光荣。

移民的实质是把期待变为行动！

有人说，移民都有一个不安定的灵魂，深圳为每个灵魂提供了可以吟诵的舞台；我说，移民无时无刻不在寻求安定，为了安定，移民过去和现在都在默默地流淌汗水，安定下来的移民，刚刚流入的移民汇成的是一个愈来愈嘹亮的大合唱。

　　移民汇聚，像小溪入河；
　　移民涌动，像春潮破冰；

　　移民们含着泪水，又裹着志气，内心充满着焦灼、希冀，又步履镇定，时时感觉贫乏又时时充实，

否定着又建设着，寻找着也获得着，思想着也行动着。

近看，是一个个或者热情、或者冷漠、或者彷徨、或者坚毅、或者精明、或者布满欲望的面孔，远看则是发育着的长满肌肉的大山。

移民，年轻的移民；蓬勃的充满不可遏止追求的困难的正在踩出道路的移民，向一切欣赏嘲弄困惑苟且的目光，作出无愧无悔的证明！

尹昌龙 点评

移民造就了一个国家，比如美国；移民也造就了一个城市，比如深圳。

移民的力量从何处来，文中的话说出了根源：移民是梦想的产物。因为有了梦想，才有了希望；有了梦想，才有了行动。美国的昌盛，深圳的辉煌等等。这些人类发展史上的奇迹，是对移民精神的最好注脚。人口的大规模迁移所带来的创造力量的奇异的爆发，证明了"树挪死，人挪活"这样一个朴素的道理。

　　"近看，是一个个或者热情、或者冷漠、或者彷徨、或者坚毅、或者精明、或者布满欲望的面孔，远看则是发育着的长满肌肉的大山。"总觉得这是一幅浮雕，雕刻着移民的如山如海的群像。而刻在这幅浮雕背后的，就是《移民》这篇情动于衷，力透纸背的铭文。

　　如果为这幅浮雕找寻一个位置的话，最好是在城市的入口处。因为城市是从这里进入，也是从这里开始的。

移民文化的断想

深圳文化的性质究属如何，不同的学者有不同的看法。

几乎所有解读深圳文化的文章，都要首先谈论深圳文化的性质，就像育猪苗时，先要估估它的品种，然后再定下饲料的配方。有人认为它是岭南文化的分支，岭南文化涵盖了深圳文化的基本特点，不过是深圳自成一格。有人认为它是新客家文化，因为来深圳的人可以成为历史是客家文化占主导地位的地方。还有人认为，深圳是咸淡水文化，这是一个比喻，咸是指海水而言，引申为海外的文化；淡是指河流湖泊而言，引申为内陆文化，实质是说深圳文化融合了中西文化。还有一种观点，就是深圳文化是香港文化的变种，受港人文化的影响极大。当然，也有人说深圳根本就没有文化。

　　其实谈论文化有多个角度。说它是岭南文化的一支，是从历史和现实的结合着眼的，不过表述上容易产生歧义，这是一支什么，没说清楚。新客家文化说，亦是与历史联系的产物，但没有注意到，此客家与彼客家已是质的不同了，历史上的客家以家族为本位，"现实中的客家"以个人为本位，历史上的客家，以固守着旧有的民俗为特色，现实中的客家同是移风易俗的产物。至于说到感受咸淡水交汇的文化，恐怕不仅仅是深圳文化独有的特征。自国门洞开，中西文化就在沿海乃至内地碰撞了。五口通商以来，咸淡水就开始汇合了，而在这个信息爆炸的时代各种信息可以同时扩充到中国的各个角落，地缘的关系已越来越不重要。你能说香港、欧美与北京、上海的联系弱于深圳吗？有时恰恰相反。说到深圳文化是香港文化变种，就更是本末倒置了。到底内陆文化和香港文化孰个对深圳影响大，明眼人是不用讨论的。说深圳没文化，更不值一驳。凡有人群，凡有社会，即使是穷乡僻壤，都是有文化的，只不过形态不同

而已。有的可能是灌木丛，有的可能是绿草地，有
的可能是大森林。

**移民文化是相对于旧有的本土文化而言的，移
民是相对于本土居民而言，其实质是个时间问题。**

古今中外，许多的地方，有那么一个时段，都
可以称为移民文化，有的像美国、澳大利亚、南非、
以色列、加拿大；说到城市，更是不胜枚举。古老的
西安曾经是五方杂处，长安的气象就不仅仅是本土
文化的延续和张扬。李唐皇族源流可以上溯到不同
文化的少数民族，本身的习惯就基本是胡人的习惯。
北京，历经女真、蒙古、满贵的不断冲击，更遑论
作为帝都之后，更多的移民大量趋赴，所谓的老北京，
绝大部分并不老。当然，最典型的还是上海，它在近
代急剧扩张，由原来的九万人，上升至今天的一千多
万人。如果仅靠自身的繁殖，是可能的吗？它受海
外文化的影响也最典型，如果讲到上海文化的实质，
可以称为正在沉淀下来的移民文化。深圳文化不过是

沿袭了这一变革，各地的移民如条条小溪，源源不断地注入这里，是正在兴起的，已在融合的移民文化，由此引发值得我们感兴趣的事情。或许对深圳文化工作者而言，应该把深圳文化不断地与上海文化和香港文化比较（因为香港文化更具移民文化的典型意义），从中获得借鉴和教训。

移民是梦想的产物

这一点应该作为理解移民文化的钥匙，而也最容易被混淆。因为从移民的个体行为看和行为的作用看，任何移民社会的表象都表现出务实的状态和极明显的功利目的。除了政府强迫的移民外，所有的移民都是为趋利避害而来。他们首要的是获得在新地方的生存条件。为了生存，必须拥有经济基础，这就给人以移民是经济动物的感觉。但是，这只是表象和行为自身。每个移民在走出原地之前，都有一份梦想，这种梦想可能表现在经济上，也可能表现在生活方式上，但都包含着实现自我、超越自我、荫及后代、

获得新生活方式的冲动。这就是梦想！他们一天不
实现梦想，就一天不会满足。因之，对梦想的追求
和竭力改变原生活状态的理念，是绝大部分移民涌
入深圳的根本动因。我们曾访问过不同的年轻移民，
有的朴实到就是为了赚钱，就是为了淘金，其梦想就
是要改变经济地位；有的则是喜欢这个新兴社会的生
机勃勃的生存空间，不愿意再受原有的文化的束缚；
有的简单到喜欢这里的气候，为了和不幸福的配偶离
婚，脱离自己厌恶的领导，或者仅仅是为了一年四
季都可以穿鲜丽的裙子，看香港电视。当然，也有
被动的移民，或者是随配偶家人迁移，但这只是少数。
不满过去的现状，而力图改变的移民是绝大多数。

　　这种动机，给深圳文化打上了深深的烙印。梦
想使深圳有更强烈的创造欲望和积累欲望，而这恰
恰与中央政府赋予深圳的探索使命相吻合，造成了
上下同欲的合力。

笔者曾经亲眼目睹，美国学者用直观的方式介绍美国文化。

他先是端出一盘色拉，里面有番茄、马铃薯、黄瓜、火腿等，说这就是美国文化。当人们点头时，他又拿出一个搅拌器，里面放上亚洲的黄豆、欧洲的葡萄、新西兰的苹果、非洲的蔗糖，然后一阵搅拌，说这就是美国文化。人们惊愕时，他又挂出了一幅印刷的宣传画，画上趾高气扬的白人、黑人和若干马来人，也包括中国人等，从他们嘴里冒出"我就是世界第一"。最后这个学者询问学生，还有什么可以表达美国文化？笔者应答，美国文化就像一个盛大的 Disco 舞会，在相同的韵律下，白种、黄种、棕种、黑种，每个人疯狂地做喜欢的动作，千姿百态。学者说 Very good。从此可以有了一个对美国文化更盛大的表示。是的，移民文化的特质是融合的、是动态的、是碰撞的。只有在这些基础上，文化的整合才能逐步完成。其整合的时间长短，要看移民的流量、含纳的能力、持续的时间，含纳的空间越广阔、流量越持久，其整合的时间越长。这就是所谓的文化积淀。

深圳未来固定人口预设为四百万至五百万，那么加上流动人口，以现在的比例看，至少可能达到七八百万。因之，深圳移民文化还是在成长期中，其整合过程也还需要时间。

必须指出，深圳的移民文化和美国移民文化有所联系，也有所区别。

美国的移民文化是不同种族、不同国家的移民融合的文化。因之，其宗教信仰、生活习俗，乃至语言服饰差别很大。其碰撞就相当的强烈，甚至是尖锐的斗争。比如，早期的白种移民与土著印第安人征服与被征服的历史；比如，白人和黑人之间的种族斗争所引发的南北战争；比如，还在形成独特文化景观的，在美国各大城市无处不在的唐人街。即以占主导的白人文化而言，其中又涉及宗教信仰和不同国度的冲撞。天主教、伊斯兰教、东正教、儒教等，也是门派林立，信徒各异。因此，实质上人们又称美国是宗教立国的国家。这就涉及信仰的尊重问题，人与人之间的平等问题，凌驾于各人种之上的法律问题、人权问题。这些一旦上升到文化的理论形态，就构成了美国文化的基本特色。

深圳文化与之是很不相同的。因为它的绝大部分移民都没有脱离开母体文化，只表现为大陆各地域文化之间的协调与融合。这就注定了深圳文化的主导价值观念依然具有鲜明的民族特色。移民社会完全可以互相接纳，呈现出弱势整合的状态。如果说有冲突的话，主要也是老观念和新观念的冲突，并且永远是新观念居于主导地位。

"这里的握手比较有力，这里的微笑比较持久"，"这里看重人的智慧、尊严和爱的力量"。还有"太阳底下每个人都是平等的"，"我为上帝打工"以及"让我的爱像阳光一样包围着你，同时给爱光辉灿烂的自由"。这些话语代表了深圳移民社会人与人之间的普遍价值准则。而另一句借鉴美国宇航中心的话语，"只要我们想到的，我们就可以做到"，同样表明了一代移民的理想诉求和对目标的坚定信念。

如果仔细地分析，我们可能看出这个移民社会的如下特征。

第一，当然是创造性的特征。这种创造性特征是和追求卓越的主观能动性密切相连的，在整个80年代，深圳人热衷于"第一"的渲染和强调。表明深圳速度的国贸大厦，有着中国第一之称的西丽湖长廊（据说比颐和园的长廊还要长），第一个股份合作制企业，第一个人造文化旅游景观，乃至第一张上市股票，第一次文稿竞价活动，小到第一次举办的研讨会，都被深圳人津津乐道。

第二，注重实行轻蔑清谈的风气。"南方人出实践，北方人出经验"。虽不确切，但表明了深圳人淳实的行为。如果与北京人侃，不出三句话，就会言及中央的大事，这就和与农民侃不到十句就会有今年的收成、母鸡的数字、鸡蛋的价格。"空谈误国，实干兴邦"的口号，今天还高高矗立在深圳的广告牌上，这句话出于80年代的中央文件，深圳人将它作为自己的口号，倍加钟爱，这是感同身受的结果。但这不等于说深圳拒绝理论，相反，新观念迫切需要理论的阐释。深圳一直在追寻自己的理论形态，只不过他们要求这种理论要有直接的针对性和可操作性，而经常嘲笑学斋式的、经院式的、闭门造车式的书呆子理论。近两年，随着深圳新市民阶层的崛起，谈论理论特别是谈论文化之风渐盛；从生活角度看，新市民也需要在一天的紧张繁忙之余，咀嚼一下文化这枚青橄榄，以获得精神上的慰藉。

第三，价值追求的多元化。在深圳，虽然也有官本位的一定市场，但已是"俏也不争春"了。玩股票、玩政治、玩文化，都有玩家，有人梦寐以求做大款，有人心安理得做文化，也有人在官梯上攀登。没有贵贱，不分高低，可以说是"郭龙陈鼓马斗风"。

第四，平等的原则及由此而形成的秩序。内地口头文化的一大特征是抱怨加抱怨，政府机构里的不满大款的暴发，大款又不满机关的飞扬，平民则两者都不满。而两者又时时抱怨民智未开。这是计划经济

向市场经济转化中的心态表露。因为旧有的秩序包括
每个人的岗位，都是被"计划"的结果。改革的实质
就是创造每个人的健康发展，并且在这种发展中形成
新秩序。在深圳，一开始抱怨的声音就很少，因为大
家都是移民，都是在新土地上重新开始。绝大部分
移民的成功，靠的是自己拼搏。打工的可以搏成老板，
老板破产了则还原为打工者，每一次置换都是源于自
身的能力。你抱怨谁呢？因此，移民中就流行一句话，
"英雄莫问出处"。

由此而形成的社会科技，是比较稳固的。

第五，宽容精神和社会角色的不断变化。宽容
是移民社会的共性，因为任何一个移民都带着原有
文化的基因，宽容别人的生存方式就是宽容自己。
不争论原则，因之获得深圳人的巨大热情的拥护。
深圳人的角色变化也是国内最频繁的。一段时间不
相见的朋友，相互问候的第一句话不是六七十年代
的"你吃了吗？"而是"最近在哪儿干？干什么？"
一个在深圳生活了几年的人，跳槽几个单位是很平常

的事情。宽容同时意味着对隐私的尊重，在深圳你如果询问男人月薪是多少，女人年龄是多大，可能遭到理所当然的拒绝，甚至被视为"土"。单位领导也不会打听员工的休闲方式，只要这种方式没触犯法律。

邓康延 点评

要有多大的勇气和梦想，才能别离家乡热土熟人乡音而陷身陌生的他乡？移民的生命力是从打破往昔的生存空间开始的，是由不可预设的新时间孕育的。移民的因，未必有果；移民的果，必含着因。

"持久战"新论

这是战争史上的奇观，中华民族的壮举，惊天动地的伟业：

现在有人惊慌失措

注意报刊舆论和社会动态的人一定发现，现在相当一部分人，人心浮动，对改革唱起了低调子。物价的上涨，生活指数的提高，"官倒"，社会风气等等，成了宣泄不满的热门话题。于是，中国改革向何处去，怎么样在新的形势下推进改革，人们议论纷纷。有些人变得惊慌失措：什么"改革得了疲劳综合征"，什么"知识分子的忧患意识""悲剧意识"，什么"赚得了就赚，赚不赢就走（出国）"，愁眉锁目，忧心忡忡，自己先就掉进了闷葫芦，再不见当年高亢的改革热情。

勇猛精进，欲图民族光明前途，致力改革事业的青年群众，中国第四代人怎样看待这个社会现象呢？

我们想起了"论持久战"

1938年，毛泽东在延安的窑洞里写下的这篇论文，分析了抗战以来的形势，提出了中国抗日战争必定是持久战的战略思想，并且由此规划出战略防御、战略相持、战略反攻三大阶段的轮廓，一扫社会上各种喧嚣尘上的议论。这对行进中的改革也许不无启示吧？

中国的改革就是一场持久战，我们必须以此去建立改革的主导思想和发展战略，这是我们理论框架的基础，所以：

"亡国论"和"速胜论"同样是不对的

对改革的信心不足，或丧失信心，是今日"亡国论"的表现，它表现为强烈的"逃跑"迹象：一是认为改不下去了；二是认为越改越糟了；三是认为，你爱改不改，不关我的事；四是认为，还是不改甚至退回去为好。

另一种是"速胜论"，表现为贸然的"进击"情绪，四面出击，东一榔头，西一棒子，无限制地扩大基建规模，无限制地征用农地，根本不懂量体裁衣、看菜吃饭的道理，总想一口吃个大胖子，一口吃不下去就破口大骂、牢骚满腹……"亡国论"和"速胜论"都没有认识到改革是一场持久战，更没有认识到现在我们正处于：

战略相持阶段的艰苦中

战争的残酷，并不表现在战争的起始阶段，那时攻坚野战，志在必得；也不表现在战争的结尾，那时风卷残云，人涛海浪，势如破竹，而恰恰是在战争进入短兵相接、你冲我突、鱼死网破的白热化时。这时没有了初战时的热烈憧憬，又未迎来摧枯拉朽的长驱直入，一切在僵持中、拉锯中。这时，指挥官的动摇、士兵的动摇都绝对不能容忍。这时，是对军队素质最严峻的检验！

新旧观念的转换，

新旧体制的转换，

新旧理论的转换，

新旧经济模式的转换，思维方式、生活方式、农村城市、平民官吏……

一个人、一个群体、一个地区、一个国家，都在白热化地展开。

您意识到战略相持阶段的艰苦了吗？您可能说，我早已清楚了，但是，我怎样打赢这场战争呢？我必须要有：

胜利的法宝

其实很简单，对于指挥官来说，这时最重要的是激励斗志，调整战线，整顿部队，沉着冷静，并且要身先士卒。是的，身先士卒，班长、排长、连长、团长，直至高级指挥官能不能摒弃杂念，冲上去呢？

　　士兵在您的身后！

　　对于士兵来说，也应恪守必胜信念，有战至最后一兵一卒的决心。

　　更简单地说：指挥官和士兵都要艰苦奋斗！

　　艰苦奋斗，这句老掉牙的话就是今天苦战过关的法宝。

　　青年的艰苦奋斗！

　　老年的艰苦奋斗！

　　全民族的艰苦奋斗！

　　这，就是在持久战中的基本精神！

　　当年，耄耋之年的叶剑英元帅曾经将《论持久战》捧于掌中，反复阅读，吟出了"一篇持久重新读，眼底吴钩看不休"的激越诗句。也许他在缅怀那逝去的艰苦岁月和气吞万里如虎的气概，希望一场新的拼搏吧。

　　拼搏就在眼前！

　　人生能有几回搏！

　　青年军，冲上去！

"我们万众一心，冒着敌人的炮火前进！前进！前进！进！"

胡洪侠 点评

发生在 2011、2012 年中国这片土地上的改革"论战"与"实战"堪称惊心动魄。以《论持久战》的框架怎么解释这一切？《"持久战"新论》又需要更新的新论了。

共一城风雨

深圳，这个远在南方的梦想之地，如今已是高楼林立的现代都市了。当高耸的地王迎接着早晨第一缕阳光的时候，现代城市便在新市民们匆匆的背影、匆匆的脚步声中开始了新的一天，开始了与日俱新的生活和梦想。人们几乎在一夜之间就领受了一个新的现实：一个新的城市出现了，一个新的群落崛起了。

城市新概念

90年代初，就在深圳人开始设定第二次创业的宏愿时，深圳一家发行量最大的刊物上，正进行着一场颇有意义的论辩。论辩的内容是这样的：深圳作为经济特区，已经走过了它最初的发展阶段，在一个新的时代，它已然成为一座颇具规模的现代城市。作为一个经济特区，它的功能也许是单一的，而作为一个现代城市，它的功能将是完整的。由此，这些年轻的论辩者认为，深圳在 90 年代将面临着新型发展战略，这就是：深圳的未来将朝向一个多功能的国际性城市迈进。

虽然时间如匆匆的流水洗刷着一切，但思想的痕迹却不会轻易消失。如今回想起这场论辩，虽然它并不就决定了什么，但一种与这块土地相伴生的概念已经诞生了，它属于现代城市思想的成果。

我们不妨把视野投向更大更远的历史。西安的繁华和北京的威严曾经昭示着一个古老帝国的城市景观。深入内陆的中央之地以雄视八方的目光，维持着一种古老的和平，城市首先就是军事的重镇，权力的符号，并以此展开着向"率土之滨"的辐射。然而，当上海、深圳分别在这个世纪的初叶和尾声，以其流花溢金的财富给广大的内陆地区带来想象的时候，城市便获得了新的生命，新的内容。迎接海洋文明的开放姿态，使城市不再是内敛的，而是外倾的。而置身于文明的中介部位，首先就获得了物质交换和文化交流的理想市场。于是，城市这个真正现代意义上的概念形成了。由"市"而"城"的转化，似乎是一个并不漫长的孕育与降生的过程。上海如此，深圳更是如此，当经济特区的战略付诸实施之后，深圳便以其一系列面向市场的大刀阔斧的举措，令世人瞩目。在各类市场（如土地市场、知识市场、人才市场等等）的发育和成长中，城市诞生并发展起来。如果说深圳特区最先以市场为中心释放着灼热的能量，那么它同时也以市场优势对财富进行着巨大的吸附。财富的推进，造就出规模化的产业和产业新军。创造了市场体系的移民，创造了城市，而就是这些就地生根的移民也成了城市的新人群。

守着共同的家园

80年代的深圳，无疑是全国最热闹的地方。一批又一批的年轻人，带着自己的梦想，来到这片得风气之先的南国特区，找寻别样的生活。他们孤单的身影，投射在这个城市大大小小的楼群之间，成为流动的风景。然而就是热闹之地也会有自己并不热闹的时光。回想起来,春节大约曾是深圳最虚空也最寂寞的记忆了。年关似乎刚刚来临,深圳的码头、车站和机场便挤满了回乡的人们。他们像候鸟一样匆忙地飞离这个城市,飞到天寒地冻的地方,去寻求故土与亲人的慰藉。这个时候的深圳,大有人去城空的恓惶,开着车满街兜风,所见的总是些关门歇业的店铺。难得撞见三三两两的行人,也似乎是在作最后的打算,在去留的问题上下着天大的决心,仿佛留下来就是一种伤痛,一种异乡为客的伤痛。

然而,别来经年,春节的深圳也开始人声鼎沸了。在这个古老的节日里,新城市也拥有了自己的欢乐。且不说打工一族在"大家乐"的天空下酣畅地欢聚,常见的还是一家人置身在温馨的居室里,准备除夕的晚餐,看看全国人都在关注的"电视晚会"。那些鬓角斑白的双亲,从遥远的千里之外赶来南方,探望自己已经长大的儿女;这些儿女在深圳已经有了自己的家。他们宁愿把团圆地选在深圳,因为深圳已是生

命中不可分割的部分。守着这片共同的家园，他们
就确定了一生的命运，一生的希望，他们会想着自
己将怎样升迁，想着尚在襁褓中的儿子会怎样上学。
他们开始关心起日日走过的街道，关心蔬菜的价格，
关心 1997 年之后能不能自由自在地去香港走走。太
阳在每天早晨升起，他们将日复一日地走在上班的
路上。

　　当他们偶然返归故里的时候，他们会细细地说
起深圳的繁华和快乐，说起粤菜，说起复式结构的
楼房，至于他们可能遭受的委屈和挫折，则被悄悄
地藏在心底。因为深圳已是他们新的家园，他们愿
意用心来维护，他们相信深圳是最值得生存的地方，
短暂的故里之行似乎再也找不到身心两悦的记忆，
他们会在说不清的陌生感中匆忙地转身，飞回到深
圳的大街小巷中来。深圳就这样成为象征，并长久
地驻留在新市民的心中，他们日日与之相厮守，分
担着它的荣辱与得失。他们会一次次地记起这句感
人至深的话语："好在共一城风雨。"

温和的保守主义

当异乡成为本土，当深圳成为家园，那些南下的移民便停下了流浪的脚步，就像倦飞的鸟群，开始构筑各自的巢穴。"十八岁出门远行"的少年，在情人或妻子的目光中寻到了温暖的归宿。他们渐渐脱下了粗硬的旧装，打上领带，穿上西服，步履稳健地赶赴高雅的约会，或者在交响乐的会场上，充满节奏感地鼓掌。股票市场的躁动，人才中心的热闹似乎都成了遥远的风景，遥远的故事，他们开始关心自己的行装，自己的举止。他们温和地言笑，仿佛生来就是个彬彬有礼之人；他们匆忙地走向健身房，一边活动筋骨，一边想着生命会过得怎样的极限。

那些旧行囊已经被置于墙角。那么多雄心勃勃的少年转眼之间就成了厨房里的能手。他们做了一家之主，学着炒一手的好菜，想想怎样的饮食最有营养。他们在儿女稚嫩的目光中，回想起千古以来做父亲的所有艰辛和荣耀。他们开始不太在意那些一夜暴富的故事，他们慢慢习惯父亲的角色、处长的位子，然后在举手投足之间，想想妻子的幸福、孩子的未来、职员的福利和上司的眼神。他们不再冲动地改造社会，他们会不失时机地考虑工作计划是否完成，月底的奖金该如何发放。他们年末鼓鼓的红包拿在手上，却又把一份同样的微笑藏在心里。

这些新市民慢慢地学会蕴藉和含蓄，理想主义的要求化作了一系列生活的指针，房子该怎么装修、空调该多大的匹数。他们不再是少年维特，不再是面对万家灯火的外省青年。"滚滚红尘"已是旧日的故事，"梦中的橄榄树"成了独处忆往时的慰藉。他们的心渐渐安静了，他们不会再急不可耐地奔向大海，他们会在沙滩上闲适地散步，顺便捡拾残留的贝壳。大海奔涌的潮汐渐渐化作心中温热的细流，只是在面对巨人脚印的时候，会在遥念英雄的瞬间，重新翻阅史诗。

那些安静的住宅小区，就是一个个祥和的港湾。和平的雨水停在路旁，绿色的草坪收入眼底，飞动的红尘已然被挡在院落之外了。把孩子从近旁的幼

儿园接回家，当然也不会忘了顺便讲讲大灰狼与小
白兔的故事。他们从遥远的地方带来了希望，又开
始把希望慢慢移植到孩子的心中。移民之初的磨难，
讲述了一遍又一遍，仿佛打开尘封的档案袋，不同的
私人生活都会带来激动而亲切的回想。老朋友光顾，
照例会谈过去的时光，就像旧片子总是一遍遍地上
演。然而一切都会有所节制，他们会从午夜的餐桌
边撤退，然后匆匆地说一声："明天还要上班。"

在文化中找寻身份

　　曾几何时，在深圳谈论文化几乎是奢侈之举。
所有的挑战，所有的竞争，都与生存相关。那些最
初的闯荡者，几乎都有种共同的经历，揣着兜里最
后的几文大钱，叩响一扇又一扇陌生的大门。他们
得为面包战斗，为房子战斗，因为他们相信这样一
个朴素的真理：世界上没有免费的早餐。他们行色
坚定地来到这片土地上，然而，除了理想之外，他
们差不多是共同的"无产者"，一贫如洗，一无所有。

他们敏捷而疲惫地穿行在这个城市的边缘与缝隙中，然后一个又一个地浮出海面。

随之而来，一切便有了改观。在一个新城市的地平线上，文化这种崭新的景观开始悄然崛起。在生存的需求之外，文化的渴望像延伸的触须，注定要拓展新的空间。早些时候，那些匆匆南下的文化人，在远行之前似乎就发过一个誓言：告别文化。在他们看来，文化既然不能带来财富，那么忍痛割爱也在所不惜了。然而，当他们一旦有了稳定的职位，住了宽敞的房子，便又会在某个黄昏或夜晚，躲进僻静的一角，检视起落满灰尘的书箱了。他们对文化的怀念越加深切，便越要固执地找回一个久违的身份。而那些置身在"花园"或"广场"中的先富一族，也开始亲切地注视一下一直没有与之为伍的文化人群落，开始推测那些戴眼镜的知识分子会谈论什么样的高尚的话题。于是，客厅里的聚会多起来了，他们开始像北京人那样谈谈国家，谈谈"意义"。他们想走出"物化"的旧貌，思考一下"文化深圳"会是怎样的前景。

他们会在走出歌舞厅、一脚踏进夜色的瞬间忽然地有种虚妄，有种失落，然后在苍茫之际回味一下内心的颤动。

文化成为这座新城市的流行话题，这大约是近年来一个普遍的现象。单单从那些竞相开设的文化栏目来说，传媒对增长的文化需求已经作了预先的报告，特别是那份称作"文化广场"的报纸周刊，早已是每周难得的慰藉。无论是商海中人还是以文化为岗位的人，都争相拥到这片广场中来，认真到有些意气用事地争辩文化问题。文化对于他们来说，就像明天的粮食一样重要，所以才会有严肃而热情的论争。他们说着文化，说着精神，更说着挥之不去的城市灵魂。他们在检视了深圳短暂的心灵史之后，便匆忙地加入了"文化辐射"的队伍。他们相信深圳是个象征，相信深圳文化会同经济一样影响全国。

他们兴味十足地走在文化的路上，叩问着属于这座城市每一种新的可能性。他们似乎刚刚对"文化沙漠"的论调作出反击，又加入新一轮的想象之中。

他们把目标定得高高的：要建设"现代文化名城"。他们遥望北京的城墙、上海的外滩，甚至巴黎的左岸、纽约的曼哈顿，然后把一份期待之中的对话传出特区。他们在对深圳社会作愉快的探访之后，找回那份自信。一批又一批满载着名声的文化人，南下到这片土地上，或作短暂的逗留，或以之为长久的居所。他们的智慧散布在这座年轻的城市中，同时又融入这座城市面向未来的战略构想中。

邓康延 点评

城市的年轮是建筑的街区园林路径，是民风民俗和民心。

吾城吾民，年轻是城的体征，敢闯是城的精神，博爱是城的心，而能够包容和自省是城的不可估量的潜能。

梦想的产物

我曾经陪一个很有理论素养的朋友在深圳转了几天，临别时像平常一样问他："你对深圳印象最深的是什么？"他略一沉吟，回答道："深圳人。"

这并不奇怪，几乎所有来深圳看一看的人，留下最深刻印象的并不是深圳那些高楼大厦，或者是人造的旅游景点，而是深圳人。

深圳人是深圳最大的景观，因为她有相当多的值得探究的地方。她是相当奇特的一个概念，并不仅仅因为她是目前深圳一切的直接创造者，更因为她自身的许多特征所闪现的诱人理解的光彩。

深圳的一些传媒曾经开展过"怎样做一个深圳人"的讨论，最近政府又在组织人力制定《深圳人行为道德规范》，审有志之士的有识之举，但这一切讨论，都必须首先弄明白一个问题，什么是深圳人？

否则将无助于讨论的深入，甚或张冠李戴了。

我曾经听到美国的学者用非常形象的方式，介绍美国人的特征，很有助于对美国人的了解，因而也想尝试用文化人类学的方法，剖析一下深圳人。

最简单不过的一个事实是，深圳人都是来自全国各地的，即使是广东人也相当多的是迁徙来的，那么是什么促使他们背井离乡，远离亲朋，南下深圳呢？

那是一种理解的光辉。是对过往一切的不满足感。是一种缔造新的生活方式的温馨。

不止一个人告诉我，他们来深圳是基于某种梦想，有的梦想很高尚，为深圳的发展建功立业，到改革开放的前沿奉献自身的能量，做这个城市建设的元勋。有的梦想很实际，自己闯一闯，看一看自身到底有多大价值，因为在内地上有单位，下有亲朋，自身的一切都是被别人安排好的。毋庸讳言，也有很多人是由于经济的因素来到深圳，想通过自身的劳动，赚取金钱，改变自己及家人的生活条件，但这也是一种梦想，改变自身境遇的梦想。

来自全国各地的人，怀着各自的梦想，来到深圳，成为深圳人。因此，可以说，深圳人是理想的产物，梦想的产物。

人们的不满足和对未来更加幸福的追求，是一切繁荣的直接动力。以此而论，深圳，你蕴含着多么巨大的能量啊！

胡野秋 点评

深圳被称为"一夜之城"，本身便是个梦。

对于突然之间抛家别舍的年轻人来说，"梦是唯一行李"。

他们奋斗、打拼、挣扎、得意、失落，一切都为了一个梦。这个梦有时候具体，有时候模糊，但从来都没有缺席。

因为这些梦，深圳被营造出来，从一栋房子到一条街道，从一个小区到一座公园，深圳成为梦的七巧板。

奥运会有个口号"同一个世界，同一个梦想"。

深圳与北京不同，它更倾向于"同一座城市，不同的梦想"。

不同的梦想构成多元的深圳。

观念的力量

浩瀚的星空有一些星星格外明亮，古人依照它们在黑夜中判断时间并确定方位。人文的星空同样如此，在器物文化、制度文化的上面，观念文化皎洁明亮，它们是人类智慧的结晶，凝聚着人类的信念和理想，闪耀着人性的光辉，照亮并激励着人类前行。

观念作为人类精神文化的核心，属于人类文化的最顶层。人类由此看世界，便形成了世界观，由此反观自身，便形成了人生观和价值观。人类通过观念来认识并把握世界，确立并树立价值，充实并完善人生。

2010 年 "深圳十大观念"的评选活动，评选出"时间就是金钱，效率就是生命""空谈误国，实干兴邦""敢为天下先""改革创新是深圳的根，深圳的魂""鼓励创新，宽容失败""深圳，与世界没有距离""让城市因热爱读书而受人尊重""实现市民文化权利""送人玫瑰，手有余香""来了，就是深圳人"十条最具影响力观念，引起了全社会的广泛关注。

如果把一座城市比做一部大书，那么，"观念"则是这部书的精神主旨；读懂一座城市的"观念"，才算真正了解这座城市。城市所在，"观念"亦在。

"深圳观念"是时代精神的一面旗帜，具有强大的感召力。在体制突破中，"深圳观念"是前进的冲锋号；在建设道路上，"深圳观念"是特区经验的浓缩和升华；在文明模式的转换中，"深圳观念"是城市再生的灵魂，是市民德行的对话。"深圳观念"与国家、民族同呼吸，共命运，在诞生和发展中绽放异彩，凝聚人心，辐射全国。

"深圳观念"是深圳价值体系的提炼和总结，具有强大的创造力。"深圳观念"是深圳人干事创业的赞歌，激励着全体市民的创新创意，催生了一大批富于创新精神的龙头企业，打造了城市的创新品牌和价值品牌，创造了深圳奇迹。

"深圳观念"是深圳身份的标志，具有强大的凝聚力。"深圳观念"表达了深圳人对深圳的认知、理解和期待，反映了特区的品格特征，塑造了深圳的形象和深圳的集体人格特征，强化了深圳的城市自觉意识和文化认同感，具有特定历史时代的烙印，是深圳的精神图腾和价值符号。"深圳观念"不仅代表了深圳市民的共识，而且代表了中国的城市意向和未来。

"深圳观念"内涵丰富，从纵的方面涵盖了深圳的精神发展史，也是改革开放的进程史，从横的方面涵盖了深圳文化价值观。深圳的城市精神发展史，就是一部城市观念史。城市的发展以经济为基础，以制度为保障，以文化为灵魂。

纵观深圳城市的发展，经历了拼经济、拼管理和拼文化三个发展阶段。深圳观念既是这三个发展阶段的产物，同时也成为引领这三个阶段发展的风向标。在拼经济方面，深圳人提出了"时间就是金钱，效率就是生命""空谈误国，实干兴邦""敢为天

下先"等观念，这些观念是中国社会主义市场经济破壳的标志，是深圳精神的逻辑起点。在拼管理方面，深圳人先后提出了"鼓励成功，宽容失败""改革创新是深圳的根、深圳的魂""深圳，与世界没有距离""来了，就是深圳人"等观念，体现了深圳的开放品格和包容精神，为建设现代化国际化先进城市的制度设计提供了广阔空间。在拼文化方面，深圳人提出了"让城市因热爱读书而受人尊重""实现市民文化权利""送人玫瑰，手有余香"等观念，体现了深圳人的文化自觉和文化自强，为城市的转型发展提供了持续的文化动力。这些内涵丰富、意蕴深刻的观念，正是深圳三十年改革开放诸多观念的精彩浓缩。

"深圳十大观念"唱响了改革开放的时代最强音，凝练了意气风发走向改革开放的全体中国人民的共同记忆，昭示着一部波澜壮阔的中华民族的伟大复兴史因此展开。这些观念不独属于深圳，它是时代留存的共同精神财富。

胡洪侠 点评

《深圳十大观念》一书，也是深圳诸多观念的产物。2011 年度"深圳读书月"十大好书评选中，众多评委们为此书投下了赞赏的一票。北京一评委投赞成票时有些犹豫，等到半年后我见了她，她说："我终于找到了投赞成票的更有力的理由。你看现在到处在搞什么'城市精神'，那都什么呀？相比之下，深圳的十大观念，从市民海选，到专家解读，到集结成书，确实值得大为欣赏的。更不用说此书的现实意义了。"此书发行已超七万册。深知当下出版发行业内情的人会清楚，这七万册究竟意味着什么。

你有一个鸡蛋

有一个人曾经因拥有一个鸡蛋而被人耻笑了几百年。

他是一个穷人，偶然拾到一个鸡蛋乃喜极而畅想：借用邻居家的母鸡将其孵化成小鸡，鸡长大后再生蛋，两年之内就可以有三百只鸡。再用这些鸡换成牛，牛又生牛，牛可换钱，钱可放债，如此即可步步迈向富裕了。可叹的是，他的畅想刚刚产生，鸡蛋就被妻子打碎了。他也因此而千古被诟。

想靠一个鸡蛋发财吗？那是白日做梦，是痴心妄想。直到今天许多人仍是这种认识。

但是，我认真地赞扬这种敢想的精神。

这是今天中国无数个家庭，无数个走出家庭的男女所怀抱的精神与憧憬。磨蚀不了，压迫不倒。

正是有了这种精神，艰苦的工作才成了发展的起点，咬紧牙关的生活才变得亮丽。质朴而昂扬向上的人才能以行动证明：将相无种，小卒子可以过河。

嘲笑这个穷人的畅想，那是贵族的事情。是见了鸡蛋就想吃掉的人的想法。

也许这个想法是幼稚的，但幼稚往往是生机盎然的。

你有一个鸡蛋，那是一种美丽意志，只要你倍加呵护，就必定诞出崭新的生命。

胡洪侠 点评

现在再写这篇文章，题目就要改成《如果你有一个真的鸡蛋》了。谁能想得到，如今连鸡蛋也有假的了。那位第一个想到制造假鸡蛋的人，是这则古老的鸡蛋故事的崭新版本。吊诡的是，老故事中的那个老实人备受诟病，而新版本故事中制造假鸡蛋的人，竟然大获成功。

鸡蛋可以是一则传奇的起点，要紧的是得分清真假。许多古人不用费的心思，我们今天都需操心当心担心乃至惊心。自古至今，人的心窍就是这样变得越来越复杂，越来越敏感。总有一天，我们的心会因此而崩溃，崩溃得心花怒放。

搏到底

深圳人是梦想的产物，为了实现其梦想，只有拼搏。

多数初来深圳的人，首先感到的是生存与发展的严酷性，没有户口，没有住房，没有工作，没有原生活地的人际关系，除了可以支付的体力与智慧，他们一无所有。在这里，每个人都要在现实面前，用行动陈述自己存在的理由，都要用汗水开始自己的资本原始积累。或者走向成功，或者宣告失败。

而另一方面，这个城市的一切又是多么地充满诱惑：市场竞争带来的大把机会，城市生机勃勃的繁华，那么多的年轻人，步履匆匆的身姿，高档的衣物、食品，还有已经安定下来、发达起来的深圳人的宽敞住房、丰厚收入，这一切都是强烈的刺激和鲜明的启示。搏吧，人生能有几回搏，搏到底！

如果你在冥冥上空俯视这座城市，你将发现，它是由最早的"开荒牛"们开始，不断有新生力量涌入，充满着南腔北调的人群的拼搏过程。拼搏的激情与狂热就是这座城市强烈律动脉搏的原动力。

深圳人曾经宣布要在本世纪末达到中等国家城市发展的水平，这个目标，我国要到 2050 年才能全面达到，换言之，深圳人要比全国的平均速度快五十年，不搏行吗？

于此，我们就不难理解，为什么那么多的奇异创意在深圳产生，那是移民们在用智慧拼搏；我们也不难理解这个城市的发展速度，远远高于其他城市的原因，那是移民们在用汗水拼搏的结果。更深层次的追究，"开拓、创新、团结、奉献"的深圳精神，无不来源于深圳人的拼搏意识。

在深圳体育馆的广场前，有一组以中国女排为原型的不锈钢造型，它和市委大厦前拓荒牛造型遥遥相望，产生于不同的年代，也许是无意的吧，但都应是真正的深圳人今日的图腾。

邓康延 点评

西谚不乏幽默：你决心跨过篱笆吗？先把你的帽子扔过去。中国成语不乏壮烈：破釜沉舟。

搏是人类的共识，怎样搏，是各民族的智慧。

英雄莫问出处

　　很长一个时期，不知道有多长久了，中国人相互间见面的头一句话，总是："你吃了吗？"因为很长一个时期，吃饭没有，成了人们最大的问题。那时候，有饭吃并且能吃饱对许多人已经是很满足了。由此也闹出了一些笑话，譬如一个人早晨上厕所，出来碰到了熟人，熟人见面按惯例问一句："你吃了吗？"真是令人啼笑皆非。广东人一天之初互相问一声"早晨"，要好多了。

　　这不过是题外话。

　　如果素不相识的两个深圳人见面攀谈，大概不出五分钟，一定会问询如下两个问题：你来自哪里？来深圳几年了？这是移民特性造成的特殊问候。

　　但人们一般不问，你原来做什么，担任什么职务——英雄莫问出处。深圳人也不屑于问你的出处。

　　如果把深圳的所谓成功人士聚集在一起，真的打探一番，你将发现这些操着南腔北调的人士其出身五花八门。混迹其中的当然有靠着某种特权、深厚背景猎取深圳财富的人士，也有从局长、处长转入某种行业的总经理、董事长，也有靠以往政策的优惠，糊里糊涂成为富翁的。但更多的人是靠在深圳开始踏上自身的成功阶梯的。没有光荣的历史，没有显赫的门第，在原单位或原居住地，他们被看成永远出不了头的椽子，然而在深圳他们成了冉冉升起的新星。面对他们你不得不叹服古人的发问："王侯将相，宁有种乎？"不同的是，他们以自身的成就回答了这句话。

　　有人问我，深圳社会较之我们原来的体制有什么不同。我的回答是，这里的人看重的不是你的资历，而是你的实力；不是你的历史，而是你的现实。在深圳的绝大部分地方（恕我直言不是全部地方）论资排辈的观念早被扫荡一空，使人不屑一顾了。以业绩论成功，以贡献论英雄，已经是深圳人的价值观。

想靠着论资排辈博取社会地位和实惠的人，在深圳人眼中充其量是庸才。

很少听到深圳人抱怨什么，总是听到他们大谈机会和未来，这是许多内地人对深圳人不太理解的地方。的确，到目前为止，深圳人的总体风貌是雄心勃勃，极少抱怨的。原因就在于一种靠能力、实力不是靠人为安排的社会秩序正在形成、巩固。你能做总经理还是做打工仔不是看别人，而是看你自己。换言之，今天的打工仔可能是明天的总经理，今天的总经理也许是明天的打工仔。天道酬勤，天道嘉勇，抱怨是无能的表现。

胡洪侠 点评

"英雄不问出处"曾是当年深圳的一则传奇，现如今，这少年般的传奇似乎长大了，成熟了，沉稳了；传奇正在成为传说。

当年的"不问"，是"不用问"，现在则往往是"不敢问""不经问""不堪问""不愿问"。"不敢问"是水太深，打破多大的沙锅你也问不到底,你只能频生如临深渊之感;"不经问"是因为你自以为是的真相原来都是假象;"不堪问"则是因为英雄心中有太多的血泪,真是情何以堪;"不愿问",是啊,有那么一些所谓"英雄",他们多么希望你问他们的出处啊,他们就是靠出处而成为英雄的,他们希望所有的人都知晓他们的出处。面对这种人,问他做甚!

当年"不问",是因为信任。如今假如一问不问,你有可能一再被骗。

春天的故事

　　1992 年 1 月 23 日，邓小平结束了在深圳的五天视察，准备乘船去珠海。一大群党政要员簇拥着他向码头走去。但是，就在要登船的刹那间，邓小平突然转身，又走回到送行的深圳市委书记面前，郑重地叮嘱："你们要搞快一点！"

　　从 1 月 19 日至 23 日是一种理论经过长时间酝酿，在深圳强烈释放的五天。

　　但这五天历史的最后定格却更耐人寻味！不是因为那句话的睿智，而在于那突然侧转身的再一次叮咛，在于这叮咛的急切与诚恳，表达着对这个历尽沧桑的民族，对这项前无古人的改革事业发自内心的挚爱与责任。

　　并且理解着他所说的另外一句话："我是中国人民的儿子。我深沉地爱着我的祖国和人民。"

尹昌龙 点评

想起一句名言："爱就是成为一个人。"这句话用在小平身上，可以这么说，爱成就了一个伟人。

由此产生了诸多的联想。林则徐因为爱才无畏，"苟利国家生死以，岂因祸福趋避之"；鲁迅因为爱才恨，"哀其不幸，怒其不争"；而小平因为爱才急切，"你们要搞快一点"。

对于一个落后的民族和国家来说，总是需要而且产生了这样的伟人，他们挺身而出，用爱承担了她的苦难、荣辱与希望。他们因为深情地爱着他们的国家，而被这些国家的人民深情地爱着。

深圳青年文化改造论

"深圳无文化！"

"深圳是文化的沙漠！"

"深圳的青年没有羞耻心，只要能赚钱，他们什么都干！"

一听这就是信口开河，但还是有人这样说了，而且就在最近！

连古代的茹毛饮血，结绳记数，现代的阿注婚姻，阿拉伯的一夫多妻，美国人的艾滋病，法国人的相公癖都算一种文化，怎么能说深圳无文化？凡有人群的地方，必定有一种文化，不管你喜欢不喜欢，它的存在都是事实。

或曰：深圳无健康文化。

要问一句：这"健康"指的是什么？即以伦理道德的文化观念而论，难道整天担忧国粹沦丧，大骂假洋鬼子，又喝洋酒，吃洋烟，眼睁睁盼着舶来品就是"健康"的？群居终日，大发牢骚，这也看不惯，那也不顺眼，却油瓶子倒了也不扶是"健康"的？整天在那里谆谆教育青年，慨叹世风日下，后不见来者，却默认甚至纵容子女行贿走私、玩女子是"健康"的？整天要别人艰苦奋斗，自己却占着茅坑子不拉屎是"健康"的？整天疾呼同舟共济，开诚布公，友谊第一，却媚上欺下，专搞内耗，把别人都视成孟加拉虎是"健康"的？

据我几个月的观察，这些"健康"的文化，深圳青年中不能说没有，但要少得多，没有那么强的社会积习，非要深圳青年人制造自己的双重人格，这是深圳吸引内地青年的一个重要方面。

那么，深圳青年的文化又是十全十美的了？

否！

在红荔路1号的办公室里，我见到过来自"北、清、人、师"、复旦、武大、吉大、中山等全国各地重点高校的一批又一批尖子，谈到深圳的文化现状，多数人是遗憾、焦急、疾呼变革者。其共识在于：

——不平衡，经济的超前与精英文化的滞后同时并存。

——青年亚文化氛围趋向轻松、沉迷、世俗化，理性之光微乎其微。

——唯一功利化倾向，导致相当一部分青年视野萎缩，人格平庸，缺乏深邃的历史感与责任感。

——文化分裂现象明显，世俗文化与精英文化之间缺乏过渡梯级，因而以理论为先导的全体青年文化素质的提高在断裂带前软弱无力。

——高层次青年缺乏思想碰撞和理论研讨的空气、形式与场所。

——舆论导向不利。舆论宣传媒界自觉不自觉地迎合世俗文化，没有开风气、导民智的魄力与勇气。

——缺乏青年主体文化的建造，文化发展战略的指向还很不明晰……

断断续续的“烦言”还不止于此。

深圳青年曾经以热血与意志奉献给全民族“时

间就是金钱，效率就是生命"的箴言，今天，你们准备和将能做些什么呢？

当来克星屯的枪声撕开夜幕时，你难道认为那仅仅是北美十三州不堪经济盘剥的低沉吼声，你难道没有意识到这是来自世界各地的移民们文化趋向的宣言与升华？

今天，任何一个政治家都不会将富得流油的中东石油国列入美欧日的等级，那不是财富所能单独决定的。

一批批的青年移民陆续地汇集到深圳，深圳像个大工地，热闹着、流淌着、建设着，但这首先是一个价值观朦胧的求索，一种思想的无意识凝聚。有人说，天下熙熙，皆为利来，天下攘攘，皆为利往。深圳就是这样吗？深圳需要证明！

论者分析，深圳青年文化所以有令仁者、志者扼腕与遗憾之处，是因为金钱的魅力剥夺了一切，是因为毗邻文化天分不高的香港，是因为人们劳作的辛苦，是因为只有为经济的超速运行而无时间给予静态的研究，是因为只有文化理论的不活跃、才能换得经济建设的活跃，是因为一种看不见的保守机制……且不管这些乱七八糟的分析是否高明（有些显然不正确），中国学者们总是能十全十美地论证一件事情存在的必然性和不可逆性，这便是一部分人学问自视为至臻完善之处。但，马克思讲过这样的大意，首要的不是停留于解释，而是改造。

改造？

不是运动式的、主观的、急功近利的；而是自发的、自愿的、渐次展开的，尤其注意：不要强奸民意。

——即使对深圳的文化建设抱着最急切的心情也不能原谅对现有文化采取虚无主义或全盘否定的态度。

——不必去复制什么西北文化、北京文化、上海文化、广州文化……深圳就是深圳，深圳是独特的。

改造？

是的！

　　文化改造之气运，酝酿已非一日，真理问题的大讨论方揭标志。文学军已东征西突，沉闷的哲学圣殿敲响嘹亮的晨钟，史学的长河又陡起波澜，物华神熠，天地为之兆始。八面雄风，僵化者只做梦呓。其首推义旗之急先锋，则为经济学界。诸家蜂起，放怀直言，中国特色、股份制、公有制、发展战略、国际大循环、商品经济新秩序、经济环境，甘冒学究之敌，以倡风气之先，国脉为之搏动，民生赖以昭苏。实乃成就了中国前所未有的大发展而夸美于社会理论与实践！

　　回首岭北苍茫翻腾的村市，披浴南海矫捷迅疾的来风。深圳又何难？深圳其无天时乎？国门于此率先开启。深圳其无地利乎？世界金融、贸易中心只在卧榻之侧。深圳其无人和乎？揽九州移民，多少年壮志，人群所向，精英纷至。深圳其无文化改造之基础乎？你看那青年主体意识涌现的"大家乐""大家读""大家议"，你看那峥嵘初萌的小区文化、企业文化，你看那青年人放胆直言的气概，你看那市委市政府的督导，蓄之久矣、其发速矣，深圳！

兹列举深圳青年文化改造的八项主张：

一、建立提倡深圳青年文化发展战略的宏观研讨，构建崭新的文化发展模式。

二、坚持深圳人讲实话、办实事，不因袭陈旧理论，敢于独立开创的精神风格。

三、为青年文化人提供更为广阔的思想碰撞空间，以俾学术昌明。

四、寻找理论建设与大众文化之间的过渡梯级，将轻松、潇洒、欢快与激昂、理性、理想融为一体。

五、扶植"大家乐""大家读""大家议"的文化形式和各种文化社团，提高档次。

六、广开对话管道，增强青年市民的参与感，提高民主素质。

七、强化内外文化交流，不作"水过地皮湿"的处理，而作借鉴与植根的处理。

八、奖励文化开拓型人才和企业事业。

……

事急矣！潮至矣！

青年谁不愿意有高雅文明的青春？谁不愿意青春有充实丰富的精神世界？有愿为深圳青年文化建设披肝沥胆、畅率直言、积极建设者吗？本刊愿拖五十八生的大炮为之前驱！

胡野秋 点评

记得好像十年前，我参加过《深圳青年》发起的"深圳青年文化发展战略研讨会"，一批同道者就在为深圳的文化未来谋划着，这些当时并不年轻的"热血青年"，把深圳文化的话题烤得炽热。

文化改造理所应当，怎么改？向左转向右转？向内改向外改？

当时我贡献了一个观点，大意是深圳文化要保持独特性，就必须坚持"骡子文化"属性，何谓"骡子文化"？"非驴非马"是也！我认为，深圳文化并不一定就要融入所谓"主流文化"中，不必为既不像驴又不像马而沮丧，甚至根本没必要从内地的旧有文化结构中找自己的位置。

　　深圳如果和其他城市去比较"常规文化"和"定型文化"，一点优势也没有。深圳文化必须与别人去比"超常规文化"和"非定型文化"，这么一比，特点就出来了。

　　今天深圳的文化成就，无不体现出前无古人的"骡子精神"。

　　骡子一出，驷马难追。

深圳本是一条河

看到过"高江急峡雷霆斗"的长江；看到过"排天金浪浊云间"的黄河；

听到过长江上曹孟德横槊赋诗，目空天下的气概；听到过黄河岸边船夫们委婉悲壮，与命运搏击的沉吟；

于是认定深圳是一条河。

长江、黄河由数不清的涓涓细流汇成，它们是集纳全中华的水系代表，那么，汇聚着全中国人才的深圳呢？

长江上千帆竞发，黄河上万桨横渡，那么，步履匆匆竞争拼搏的深圳呢？

黄河后来注入了大海，站在海岸线上，目力所及，只见黄浪滔滔；长江后来注入了大海，安静地躺在海的怀抱里，全无了茫茫九派的区别。那么，面对南中国海，面对壮阔的太平洋的深圳呢？！

谁是手持巨耒、疏浚江河的大禹？谁是跟在禹的后面同样几过家门而不入的大汉们？谁疏导了不废的江河，谁就书写了不废的历史！

有一个寓言嘲笑了与河伯论天下之大的井底之蛙两千年；但是，那只敢于与河伯漂行千里、万里去观看海的浩瀚，并改变对世界认识的蛙，难道今天还要被嘲笑吗？

在深圳的，并不都是河伯啊。

值得忧虑的是随江河俱下的泥沙，它造成了江河的梗阻，江河的泛滥，江河的改道，泥沙怎么办？是长江、黄河的问题，也是深圳的问题，谁能有效地清除泥沙，谁就是今天的禹，或禹身后的大汉们。

必然的纵横决荡与必然的治理清淤，这便是我们对江河的认识。

深圳，本是一条河！

胡野秋 点评

深圳是多元的，多元也就意味着成分复杂。

这里关于河的比喻，既是新颖的，又是贴切的。它帮助我们形象地记住这座城市。

深圳是条移民的河流，奔腾起来会更迅速，当然成色也会更丰富。与丰富和活力同步，问题自然就如泥沙奔来，尤其这条河从"沟"发育成"河"的历史是那么的短暂。

当很多人还在沉迷于一条沟化成一条河的壮景时，作者理性地提出了两个前瞻性问题：河的流向问题、河的疏浚问题。

而这恰恰是任何河流不可规避的问题。

这篇文章的价值并不在于提出问题，而在于它还提出了它的答案：流向必须"面对南中国海，面对壮阔的太平洋"，疏浚期盼"今天的禹，或禹身后的大汉们"。

我相信，作者在写作这篇文章时，胸中自有浩瀚的宇宙。

深圳的微笑

深圳的微笑别具魅力。

每个城市都有自己的笑容,有的憨厚,有的僵硬,有的滑稽,有的精明,有的酸溜溜,然而最值得回味的,是深圳的微笑。

深圳的微笑是生气勃勃的。当她每年以百分之七十几的速度累计十年昂首前行的时候;当她使每个永久性的居民舒舒服服地走进小康光环的时候;当她决定以十年的时间达到中等国家和地区人民生活水平,换言之,即走完整个中国到2050年,整整需要六十年时间才能走完的道路的时候。

深圳的微笑是灿烂的。当她展示着自己千姿百态的楼群的时候;当相当多的子民穿戴着各式各样名贵服装徜徉于街头的时候;当无数的大货柜车,排成长龙出关进关的时候;当各工业区昼夜机器轰鸣的时候；当任何香港人或老外们像普通的中国人一样，没有任何傲慢，也不引起任何特别关照的时候。

深圳的微笑是平等的。当任何一个手持边防证的北方人、南方人、农民、博士都一律平等地进入这块土地的时候；当五花八门的口音都得到同样热情回答的时候；当人们不是靠别人给你安排一个位置，而是靠自身的技艺、勤奋、精明掘取财富的时候；当你不是靠什么后门或特权照样可以手持货币买卖股票，买三室两厅、四室两厅或者整幢别墅的时候。

深圳的微笑又是冰冷的。当一个有劳动能力的人向别人伸出乞求的手的时候；当一个身强力壮的求职先生或小姐被礼貌拒绝的时候；当一个亏损的老板从宝座上走下来、搬出豪华住房、重觅生活的时候；当一群群的打工族在老板面前聆听这也不许、那也不许的苛刻指令的时候；当那条吸纳青春面容的流水线将一批批年龄稍长的打工妹挤压出来、她们只好黯然离开的时候。

深圳的微笑又带着某种苦涩。当她窥视着下一

个明确的目标、又毫无经验举棋不定的时候；当迅速
增长的人口压得这块弹丸之地气喘吁吁的时候；当一
批批奉献者依然在户口的窄门前紧皱双眉徘徊的时
候；当主妇和厂主们拧开水龙头而听不到哗哗水声的
时候；当摩托车、自行车必须用铁链锁在钢柱上才放
心的时候；当账面上亏损的企业背后一小撮贪污者、
漏税者在窃笑的时候。

我骄傲地注视那生气勃勃的微笑；

我喜悦地凝视那灿烂的微笑；

我欣赏地看待那平等的微笑；

我理解并同情那冰冷的微笑；

多么希望深圳用自己有力的臂膀将那苦涩的微
笑从嘴角抹掉！

胡洪侠 点评

仿本文最后句式，感慨如下：

今天，我骄傲地注视那自由和宽容的微笑；

我喜悦地凝视那深具公民风采的灿烂自信的微笑；

　　我欣赏地看待宽容失败时那默契的微笑；

　　我理解并同情那无奈的而又绝不放弃的苦笑一般的微笑；

　　多么希望深圳用自己有力的臂膀将所有的傻笑、装笑、哄笑、皮笑肉不笑从嘴角抹掉！

深圳人不相信空话

国内的空话有一个特点，就是以激进的、改革的面目出现，以发牢骚骂大街为表现形式，哗众取宠，不干实事。

其表现之一是骂。对国内没有改革的事情骂，对正在改革的事情骂，对改完的后果也骂。总之是什么都不顺他的心，不合他的意，他都看不惯，他自己做什么呢？他什么也不做。

这些人以骂人为时髦，因为骂人最不费力，最显出自己的高深莫测，又最能表现自己的慷慨激昂。

都骂什么呢？

骂改革越改越糟，其实他的家政建设正飞速发展；骂别人都一门心思捞钱，其实他一年中有十个月都是红眼病的传播者；骂现存体制压抑他，其实动动他的铁饭碗、升官发财道试试，他会大吼一声："姥姥！"

其二是专讲冠冕堂皇的大话。什么这个理，那个论；这个说，那个云，摘取好听的词藻，在别人余唾中寻快乐，在贩来贩去中捞虚名。这些人较前一种人"高明"，听他的话有枝有叶，堂堂正正，但其主旨并不在于利国利民，考虑将事情办好，而是追求"市场效益""轰动效应"，哗众取宠，夸夸其谈，自己则根本不准备实行，或实行不了。

中国历史上早就有人给他们下了结论："清谈误国！"

骂大街、清谈在一些地方被某些人崇为时尚，并且捞到了好处，但是，深圳人，深圳的风气则是不相信空话。

　　为什么?

　　因为空话不能当饭吃，不能当衣穿，整天讲空话的经理，公司要垮台；整天讲空话的职工，要被炒鱿鱼；整天讲空话的学生，就没有单位喜欢要。深圳也不是没人制造空话，但至多是你说你的，我干我的，弄不成什么"轰动效应"。

　　在深圳的青年精英看来：无论骂大街，还是危言耸听，五花八门的空话都有共同点，都是说国家，说别人，说给人听的，却没有一句是针对自己的，而深圳是崇尚建设，崇尚从我做起的!

　　是的，崇尚建设，崇尚从我做起。

　　我要做什么?

　　我将怎样做?

　　做的后果是什么? 效益有多大?

　　这里没有叹息，没有怨天尤人，设计了事情，干得成是有本事，干不成是没能耐，你骂大街再凶也没有用。

深圳人务实，没有这务实，哪来的深圳的高楼大厦？哪来的生产总值大幅度提高？哪来的人均生活水平全国上游？哪来的发财可能性？

因此，讲空话、清谈的人最好另找他方，不要来深圳。在这里讲空话，误国、误深也误了你自己，你会觉得很不舒服。真的？真的！

因为这里的商品经济较之内地发达，这里的人都是奔着办实事来的。

多好啊，不相信空话的深圳！

深圳不认大腕

大腕、大款，北边人时下造了这些词，用来形容财雄势大的哥们儿、姐们儿。

由一窝蜂地慷慨激昂，张口假如我是总理，闭口假如我是市长，听到外地口音就翻出两颗"卫生球"，到互相恭维你是大腕，他是大款，并且羡慕地看着真正的大腕大款飞车而过，或一掷千金。造词的主儿是进步了，还是退步了，是真的狂了，还是栽了，我们先不去管他，奇怪的是，这两个词就是在深圳流行不开，尽管在深圳的北边人并不少。

原因就是深圳根本就不承认什么大腕、小腕。

一个朋友讲过一则趣事。××被京城称为相当重量级的"大腕"——一个女影星，初到深圳，生怕有人围观，到饭店吃晚餐，晚到了街上真正人烟稀少的时候，但酒店里是人声鼎沸的，人来来往往，却没有一个人注意她。酒店的小姐，甚至也没有认真地注意她，只是履行着服务程序，热闹惯了的明星终于难耐寂寞，终于禁不住问小姐："你知道我是谁吗？"小姐更从容："你不就是××吗？"没有二话。明星大憾，吃完饭，专找人多的地方走，仍然没有人特别地关注，更不用说围观。

如果按照所谓的大腕标准，深圳的大腕也许并不少于内地，甚至更多。但是人们不认这些，因为民风不同。

你可以做大腕，他也可以做大腕，你发了大财，别人也可以大发。更重要的是，在商品经济的浪潮里，必然生成更为独立的人格。成功者展示的是自己的生命力度，失败者可以揩干身上的泥土，开盘再来。只要认准了自己生命的意义，自己觉得带劲，什么大腕、大款，根本就不用思想。

我赞成不认大腕、小腕，专心走自己的路。

王雷 点评

　　那是 1993 年 5 月，我在《深圳青年》杂志社总编室工作。

　　当时《深圳青年》杂志社正在举办一个高层研讨会，我负责去机场接机。那时，内地大多数地方都由专职司机开车，只有深圳特区不把开车当职业，很多员工或领导都是"兼职"司机。

　　我接到了一批来自北京的客人，他们客气地称呼我"司机师傅"。坐上车，一路上他们就像电视剧《神探狄仁杰》里的狄仁杰一样——带着京城的气质向地方了解民情，和我攀谈起来。我一路上自然也尽量详尽地向他们介绍特区新鲜事。

　　由于观念不同，车上的一位策划大师开始和我争论起来。那个年代，特区的很多观念开放并且先进，争论时他明显处在下风。到了下榻处竹园宾馆，下了车，这位策划大师依然很生气，愤愤地对我说：你个司机懂什么？别和我们争，这都是大腕！

　　我当时微微一笑，没再说什么，只是顺手递给他一本刚出版的《深圳青年》（1993 年第 5 期）说，请你读读第一篇文章。

　　那篇文章，题目就叫《深圳不认大腕》。

胡野秋 点评

深圳不认大腕，由来已久。

这是这座城市一种独特的标准，亦是一种别样的姿态。

这种标准和姿态源于自尊和自爱。一个没有陈腐之气的地方，何来媚俗？

这座城市推崇的标准和姿态是：平视、平等、平易。

很多大腕纳闷过，但他们很快明白了，平等的关系是最可靠的关系。他们便也可以自由地在深圳购物、闲逛。深圳人对他们的隐私也不十分在意，该干啥干啥。

不认大腕，大家都是大腕。

特色就是我们

活要活得有特色,活得没有特色的人是一张苍白的纸,一丛干枯的草,一块变了质的奶酪。

活出特色是幸福的事,但往往先要付出一定的代价。也许就在十几年前,你会因为穿了一件不同于大街上流行的铁灰色、深蓝色或国绿色的衣服而被整个社会嘲笑、歧视,朋友把你视同异类,家人认为你是忤逆。也许就在七八年前,你会因为随一曲迪斯科音乐起舞,宣泄一下自己的激情,而成为周围人侧目的有伤风化、不自量力的败类,尽管现在老头、老太太们都在大跳迪斯科。甚至在两三年前,你能想象自己在众目睽睽之下,不用邀请就跃然登台,大着嗓门卡拉 OK 吗?

相信大多数人都不会清楚地记得我们周围是谁首先穿起鲜艳的衣服,首先玩起了迪斯科、卡拉 OK

什么的，这些似乎都太微不足道。然而仔细回味你
将发现，正是他们赋予生命某些特色，并且使周围
的世界日益生动起来。

　　活得有特色绝不是一种罪过。只要有益于身心的健康，而又不妨碍他人，就应该充分地展示自身特色，使生命更加多姿多彩，瑰丽辉煌。世界上绝没有两片完全相同的绿叶，也绝不会出现单一的色彩，一个人不必也绝不应该亦步亦趋地模仿旁人。只要我们都充满着对生命的热爱，同时又努力地发挥自己，不断创造新我，这世界就将花团锦簇、异彩纷呈，永远如春天般绚丽。

　　特色就是我们。在深圳，在我们这支浩浩荡荡的移民大军中，不乏第一个走出那遥远封闭的小山村的人，不乏抛弃安宁刻板生活的人，不乏在国有土地的转让、股份制、跨国公司道路上艰难探索的人，更不乏不断摒弃旧我、创造新我的人，正是由于他们展示了特色，于是命运待他们不薄。而对于那些不敢不能继续展示特色的懦夫，生活将永远投向他们轻蔑的一瞥。

胡洪侠 点评

　　大家贫富差不多的时候，想活出特色，要靠勇气。

　　贫富差距越来越大的时候，想活出特色，要靠实力。

　　原来那些活出了特色的人，我们都是看得见的，在舞厅，在歌厅，在衣服的包装下，在言行举止上。

　　现在这些活出了特色的人，纷纷消失在公众的视野内。他们活在圈子里，活在会所里，活在游艇中，活在名酒品鉴会上，活在私房菜桌上……

　　我们看得见的人，都是为了活出特色而拼命打拼的人。

让风流更加风流

轻松而迅捷的步履，挺括的西装、衬衫、领带，说白话、客家话或普通话，每天充满信心与梦想，言谈举止爽朗洒脱，整个地展示一种崭新、蓬勃向上、充满活力的精神风貌。

这便是深圳青年的形象么？说不准。但这个形象是我们喜欢与认同的。

十年前明明亮亮的天地，辛勤的汗水，无畏的开拓，铸起一个精致的、美轮美奂的特区，每跨前一步都招来惊叹或非议，仍然义无反顾地前行，使越来越多的青年朋友加入或向往加入这支队伍。深圳的青年就这样在奉献于社会和特区的同时，使自身壮大成熟，形成自己的风采和特征。

行动，是深圳青年的第一特征。深圳速度是行动的外在，尊重时间与效率是行动的指导，谁不行动谁就落伍则是深圳的现实。有些鲁莽吗？有些，但是可敬可爱。走过弯路吗？走过，但是变成了宝贵的经验。青春在行动中闪光，谁不行动谁就不配是一个深圳青年。

创新，是深圳青年的时尚。太阳每天都是新的。十年中，深圳有了几百个全国第一，几十个深圳首创以及成千上万改变过去生活轨迹的人们。为求新，有人一举成名，有人跌得好惨，但跌倒了再爬起来，再去创新，仍是活脱脱的一条好汉，仍然被深圳人理解。

责任感，对国家、对特区、对自身的责任和谐统一起来。正是特区给了深圳青年建功立业的环境与机遇。覆巢之下，安有完卵？深圳青年不仅懂得这些，而且以积极的奉献，去推动深圳的繁荣稳定。你听到过深圳的青年对深圳大发牢骚吗？你听到过他们对自己自怨自艾吗？很少很少。深圳的青年不太讲大道理，不太讲"从我做起"，但他们是实实在在地从我做起的。他们不是用冷嘲热骂去体现自己的责任感，而是以主宰自己命运的气概，去生活，去创造财富，去奉献给改革的年代。

很多青年在过去的地方和单位，并非不舒适，不被器重，他们来特区正是为了摆脱别人为自己设计好的生活模式，亲自面对新生活的挑战，亲自选择自己的生存空间和发展空间。实在地说，在特区的生意场中，在低矮拥挤的工棚里，在条例严明的合资企业，他们感到了生活的艰苦，有人在夜半会回顾起过去平静如水的生活、亲人慈爱的面庞、朋友间水乳交融的情趣，甚至也有黯然神伤的时候，但他们无愧无悔，因为这是他们自己的选择，他们要用这种选择向世界证明自己的能力与价值。

真正幸福的人不是为了获得别人羡慕的目光，而是敢于在生活中扬起风帆，奋斗于自己选定的事业中并自强不息。在深圳的青年舞台上，我们看到深圳青年导演的"垦荒牛之歌""89和平之夜""让真诚友爱在特区闪光""共和国在我心中"；看到了一个羞涩的农村小伙，面对几千名观众，第一次亮开歌喉；看到了，在公共汽车上，一位外地老人面对三位同时站起来为他让座的深圳青年，那泪水盈盈的目光……

胡洪侠 点评

此文描述的，是 20 世纪 80 年代深圳青年的风采，我因此对那个年代的火热与明亮再次致以崇高的敬礼。

除此之外，我还能说什么呢？

我不想说我要重回那个年代，因为不可能。

我也不想埋怨自己为什么迟迟没有南下深圳，因为，一切自有命数。

当然我也不想对现在来深圳闯天下的年轻人说："你们要学学 20 世纪 80 年代的深圳青年。"学不了，也学不会。毕竟每个年代都吹着自己的风。

可是我总在想：起码应该编一套书，重新梳理一下那个年代的心灵史、观念史，打捞出我们从不知道或已被遗忘的故事，抢救那些正在档案室、文件柜里发霉、沉寂的珍贵文献，补上那些刺目的寒酸的历史漏洞，尝试去抚平那个时代特有的伤痕与沟壑。

男孩子生来就是打天下

什么是深圳精神？

什么是深圳风格？

什么是深圳速度？

深圳精神是男孩子的精神！深圳风格是男孩子的风格！深圳速度是男孩子的速度！

男孩子生来就是打天下！

广东的男孩子来了，"无线唔该"是深圳母语；

东北的男孩子来了，"这旮旯、那旮旯"甩得满街都是；

北京的男孩子来了，"玩命""侃大山"是他们的专利；

江浙的男孩子来了，一句"娘希匹"也透着生意人的精明。

山东的男孩子!

陕西的男孩子!

云南的男孩子!

……

深圳本就是男孩子的移民城,深圳是二百年前的美国西部,不,胜过美国西部无数倍,因为深圳是男孩子精英的荟萃之地,是拔了尖的男孩子,是要打天下的男孩子!

男孩子生来就是打天下!

不甘寂寞的来了;

活得不自在的来了;

想冒险的来了;

寻找机会的来了;

要青史留名的来了;

要大把捞钱的也来了。

男孩子的野心,男孩子的憧憬,男孩子的无所畏惧,男孩子的玩命!

　　排的建制，师的规模，集团军的气概，弹丸之
地的深圳，有了男孩子，也便有了雄性的力与美，
引领起九州岛的风流！

　　是的，他们不能不来，他们是男孩子，男孩子
生来就是打天下！

　　谁看不上深圳，那就见他的鬼去吧，那是他自
绝于这个世界，自绝于中国的明天，自绝于这个古
老民族的传宗接代者！

　　深圳的男孩子很有资格给那些雌化男儿上课；

　　一个年轻的每天只有八角钱的推销员，折腾出
几千万资金的实业公司，仅仅三五年；

　　一个初中未毕业的打工仔三年内拿下了四个学
科的大学文凭，坦然地进入了白领阶层；

　　一个中央机关的处长甩掉了千般烦恼丝，走进
个体户的行列⋯⋯还在全国飞来飞去，只是不再把
手伸向国家，而是向自己报销；

　　⋯⋯

　　那些雌化的男儿呀，你们每天也在那里讲竞争、

讲风险、讲卡耐基、讲"天将降大任于斯人"、讲
艰苦与奋斗、讲什么独立的人格，但你们的全身只
有滋出胡须的嘴呈男性。而深圳属于那些行动中的
男孩子。

行动中的男孩子敢幻想，有这幻想不名一文的
穷小子也来深圳捞世界，打工仔的活，总经理的梦，
至少也是小康人家的梦；有了幻想，即使是个研究生，
也心甘情愿地打零工、干公关。

行动中的男孩子敢征服，这里是块荒地，他竖
起一座大厦；这里是个排档，他敢铺排出灯红酒绿
的夜总会；这里没有漂亮的姑娘，他用魅力招来川姐、
港姐、上海姐。

行动中的男孩子敢告别，与自己的过去告别、
与旧的生活告别，他们从不想过去怎样活得舒服、
有着怎样的经历与级别，他们正视今天、明天。

行动中的男孩子敢吃苦，他们赋予共产党人的
艰苦奋斗以新的生命、新的意义。

深圳的男孩子真潇洒，不是指穿着，不是指吃喝，

不是指风度，是指对这个小小星球的态度，是指掌握自己命运的能力。

　　雌化的男儿，你们懂吗？幻想！征服！告别！吃苦！潇洒！他们属于生来就是打天下的男孩子，深圳的男孩子！

王海鸿 点评

　　该文写作于 20 世纪 80 年代末。其时，以京生为首，我们这些"文化移民"已经度过了对深圳的新奇感受期，开始深入地观察、研究与这座城市有关的一些问题。我们发现这城市有较严重的人口性别不均。作为《深圳青年》

的编辑，我们清楚地知道这一巨大人群足以支撑起多大的期刊发行量，将在多大程度上把尚不足以自负盈亏的《深圳青年》推向我们梦寐以求的盈亏平衡点。何况当时还有那样的大背景：随着畅谈理想人生这一20世纪80年代时尚的终结，妇联系统办的生活类期刊迅速地后来居上，而团系统办的刊物则日益式微。应该说，在当时特定的历史条件下，把《深圳青年》定位为一本为女孩子服务的刊物，对我们具有相当的诱惑。

就在这时候，京生写出了《男孩子生来就是打天下》一文，并刊载于刊头语上，令人为之一振。回头想来，这文章可能是出于看重杂志长远价值的高瞻远瞩，也可能是办刊人明知其不可为而为之、不向市场妥协的血性，更可能是京生本人一力鼓吹的"文化建设"的具体举措。不管怎么说，这文章成功了，它当时打动了几乎所有人，又长久地影响了其中相当一批人。

《深圳青年》至今犹在讲着各种成功人士的故事，成功人士不会太认真地读它。视它为精神食粮的，就是至今仍不肯安分的中小城镇、农村的男孩子们。他们与《深圳青年》至死不渝的缘分，起于十年前京生的一锤定音。

王海鸿 又评

私下揣测，这里的"男孩子"，三十岁以下都算。

二十四年前，我初来深圳时，是男孩子。今天，我儿子也是男孩子了。两代男孩子，两代深圳的男孩子，有何不同？

我十二岁之前不会说普通话，今天给大学的 MBA 学生讲葡萄酒鉴赏；考大学时我一心想成为中国的米高扬—格列维奇，毕业时却赶上中国航空工业最黯淡的日子，于是我改行、参与办成了一本杂志；初入道时，我的文章有怪异的工科风格，今天我的文章被《读者》用作卷首……虽多有时代的恩宠，但至少我们这代人都有一种强烈的意识：自强不息，解决自己的问题，把握自己的命运。这种意志品质，我们的后代还有吗？

说中国的教育制度不成功，其实中国的家长群体更失败。很多家长，从始至终只考虑一件事：如何为孩子取巧，找最好的老师、进最好的学校……

我愿为这座城市，做一切事情

晓声：

　　大札收悉。被你引为同志，我是自豪的。与你相比，我对文学和文化的理解，至多是个业余水平。上次在深圳的匆匆一晤，你对一些社会问题、文化问题的见解，听了以后都是颇受教益的。我们这些俗务缠身、忙忙碌碌的人，每到这种时候都生了十分的艳羡之心。

　　你虽然来深圳的次数有限，但是对深圳文化的理解，特别是对未来发展趋势的乐观态度，和我们这些生活在深圳的人却是一致的。真不知道那些高深的评论家是怎样把你"高深地"划到否定深圳文化之列。以我的感想，批评在今天正大面积地堕落，几乎已经到了毫无道德和秩序的地步了。堕落的基本上是两类，一种是鼓号手的集合，凡有什么东西出来，就凑起一帮人吹吹打打一番，有时甚至把丧事也

当成喜事办；另一种就是死皮赖脸地纠缠你，不管
三七二十一地诋毁你，以无限的恶意去满足心中的
快意。老老实实的人，往往面对这两种情况瞠目结舌。
学术是讲究宽容的，如果能有建设性的对话最好；
如果没有，自己说了的话，说了就算完事，可以继
续聚精会神地去思考新的问题。至于说了以后的反
响是好是坏，因为目前风气的问题，真是不必理会。
倒是二三同志之间的探讨和切磋，算是今天最健康
的方式了。这是我看了你来信的第一点感想。

　　来信中有一个观点引起了我特别的注意，即你
认为，一座新兴的城市在 20 世纪的末叶，并不需要
十代人、百年史才形成的所谓文化的积淀，凡工商发
达之城，几乎必是文化的繁荣之邦。你把这个观点
作为一条规律看待，这观点是大胆的，也是一种卓见，
因为它表现了一种对新兴的发展着的事物高度肯定
的思想方法。文化的积淀固然是重要的，没有文化的
积淀，就没有一个民族的传统和它自身的文明。但
如果把文化积淀的长短与否，作为决定文化是否昌

明的根本依据，不是思维上的僵化，就是故作深沉了。我发现，一般没有什么新话可说时，玩深沉或深沉得高深莫测，是最容易保留自己的体面的。另外要说的就是，即以文化的积淀而论，那些已成废墟的城市，那些发着气味的文物，操着方言、土语的戏剧，固然重要，它们当然也是文化的载体或反映形式，但这只是物的文化。而文化最根本的载体是人，人身上体现着古代的、现代的，中国的、西方的，高雅的、落后的很多的信息，而这种信息载体的强弱，就是一个地区文化的基本状态，但这只是一层。更重要的，人是流动的，因此在一定范围之内，流动的人口的汇聚，我们称之为移民，他们之间所载文化信息的相互激荡杂交，必发生新的文化形式，甚至产生新的文化形态，这是非常有意思的事情。工商发达之地多是人口流动频密之地，也是移民汇聚之地。我一直认为，深圳文化的希望，除了时代气息之外，根本还在于来自祖国四面八方的年轻的移民。移民们含着泪水，又裹着志气，内心充满焦灼、希冀又步履镇定，时时

感觉贫乏，又时时充实，否定着也建设着，寻找着
也获得着，思想着也行动着。这是深圳乃至任何一个
移民城市或移民国家，文化必然有希望的根本所在，
或如你说的，凡工商发达之地必是文化的繁荣之邦。
这些工商发达之地也大多是移民建造的城市。这是
我想说的另一层意思。

　　你给我的来信还加了一个题目，"做创造者是
光荣的"，这真是对一代深圳移民最好的激励。许
久以来，深圳从上到下，从政府到理论界、文化人，
一直急切地渴望被别人肯定。站在客观的角度评说这
种心态，我认为虽然幼稚，但也不失为可爱，至少
是可以理解的。因为在这里，所做的那些事情没有
一件不是顶着巨大压力的。于官员而言，他们的探索，
每一步都关系到乌纱帽是否戴得住；于普通的移民而
言，每一步的抉择都关乎着生存与发展是否可能，这
情况又因为政治风云的变幻，思潮的跌宕起伏，指手
画脚者的喋喋不休而把人搞得心烦意乱，非常敏感。
所以我说它是可以理解的。但我对一些官员和媒体

急于解释自己，并且是用生硬的方法解释，并不以为然。深圳过往的一些争论，往往是一方一惊一乍地挑毛病，一方声嘶力竭地作辩护，都没有太大意思。其实这座城市本身，它每天所发生的一切，都是最好的解释。急于解释是一种急功近利的表现。在中国谈论文化是高雅的，但也是最不受重视的。这几年，一些发达起来的城市，一些开明的领导似乎是重视了，而重视的表现也无非是建一些文化设施，因为这些东西看得见、摸得着。对于整体文化氛围的营造，对于文化人的引进和创造性劳动的重视，对于没法一下子看得见的称为素质的东西，却很少有人在实实在在地做些事情。因此，看了梅贻琦的话，"大学不是因为有大楼，而是因为有大师"，我才生出许多感慨。《深圳商报》有一个"文化广场"，是很有些锐意进取、阐述文化的决心，也发了一些好文章。在它创刊一百期的时候，我甚至认为创办一个"文化广场"比投资几个亿的音乐厅重要，说得有些绝对，但确实重要。而要办好它，需要更高度的重视。当年做《深圳青年》

的意图也在于此。幸得你们这些对这个城市关心的人
对这个刊物的关心，它才有较为辉煌和殷实的今天。
这就是我每次见到你、张抗抗、毕淑敏、池莉、权延赤，
都未能免俗要感谢一番的原因。

你在信里提了许多很好的建议，使我们身在此
山中的人都受到启发，我想也必然地会受到社会各界
注意的。但是注意到什么程度，你这个做任何事都满
心热诚的人，要有一个心理准备，否则会是一种伤害。
当然情况可能也相反。人们对哪些事情是重要的，
一定要做的，其理解并不都是一致的。至于说到我，
你赋予了许多于我来说非常沉重的希望，我之所以
还没有觉得压力重重，是因为我爱这座城市，愿意
为它做一切事情。所以我愿意为你的主张努力奔走。
也希望有关方面能读到这些意见，并能认识这些意
见的价值。

晓声，你说做创造者是光荣的，你本身就是一
个孜孜不倦、一直在创造着的人，所以你理解深圳
这座城市，尽管这座城市还有很多不成熟的尤其是

浮躁的东西。我很喜欢美国学者曼彻斯特写的《光荣与梦想》那本书，它是用社会学方式去叙述美国发展的动态的历史。美国是个移民的国家，它今天的情况也是对你的见解的验证，"凡工商发达之城，几乎必是文化繁荣之邦"，更重要的是它今天仍然存在着光荣和梦想。

晓声，你是我所钦佩的不多的几位当代中国作家之一，这倒不仅仅是因为你在创作上的实绩；更重要的是，在让人迷惑的世风中，你一直能坚守着精神高位，并用自己的写作实现着社会关怀。然而有意思的是，整个社会的精神状态和知识分子的位置也是以问题形式出现的，文学界和知识界都在作出相关的讨论。如有可能的话，很想再听到你的意见。

上次在深圳就听说颈椎病在干扰着你的写作，而这次的来信中，知道你还在忍受着病痛的困扰。真的希望你能多多保重，如果不能彻底根治，看用一些保健的疗法是否能缓解些？

祝夏安！

胡洪侠 点评

此一来一往两封信函，连读后大有感慨。两人关于深圳城市文化建设的思路、忧虑与见解，尽管诞生于一个特定的时空，今天读来仍觉新鲜，仍觉英气逼人，仍觉字里行间流动着久违了的胸怀与担当。

尤让我感慨不已者，是文中提到："《深圳商报》有一个'文化广场'，是很有些锐意进取、阐述文化的决心，也发了一些好文章。在它创刊一百期的时候，我甚至认为创办一个'文化广场'比投资几个亿的音乐厅重要，说得有些绝对，但确实重要。而要办好它，需要更高度的重视。"

当年作者说出"创办一个'文化广场'比投资几个亿的音乐厅重要"这句话时，我在现场。还记得当时听了这句话，与会者目瞪口呆者有之，不置可否者有之，不以为然者有之。我作为"文化广场"的创刊主编，听此话则精神为之一振。我当然热爱这块园地，但也从来不曾想过它会如此重要。我从不把这句话当成一个文化官员对媒体鼓励的客套话，而是当做一种责任，一种使命。后来"文化广场"的发展一波三折，先是我离开，继而转向娱乐，然后是停刊。等2003年终于复刊时，这个周刊才又重踏征程。之后一系列的变化，就都和当年那句掷地有声的"断语"

有关了："文化广场"从周刊变成了每天都有的文化版块；新的"文化广场"有了新的办刊宗旨——新闻性、前沿性、学术性、批判性；它成了"深圳读书月"的主战场；它参与创办了"年度十大好书评选"，并坚持至今，声誉日隆；它承担起了具体参与向联合国教科文组织申请颁给深圳"设计之都"的重任，并一举成功；它介入了国内外许多重大文化话题的讨论并坚持发出自己的声音；它参与了几乎所有深圳重要文化事件、文化活动的策划与报道；它使得《深圳商报》在经济大报的基础上增加了文化大报的定位与追求……如今，这块阵地还在，"创办一个'文化广场'比投资几个亿的音乐厅重要"这句话，且不论是否"有些绝对"，其内含的理念至今依然拥有前瞻的价值和现实的力量。

做创造者是光荣的

梁晓声

京生同志：

好！自去年年底深圳一晤，小半载矣！时光飙忽之迅，真令人有不知所措之感。北京的春天今年似乎来得格外早，窗外所对元大都的遗址上，树木已是一片新绿。

这封信早就该给你写了。拖至今日，实因受颈椎病所折磨，苦不堪言，懒得执笔。昨散儿来京，谈及你，不禁地顿生歉疚。于是今日闭门谢客，只为能认认真真地给你写完这封信。

大约两个月前，《文艺报》发表了一篇文章，批评我十年前为《深圳青年》写的那一组关于深圳及深圳印象的小稿。题目似乎是《偏激的梁晓声》，后来各报争相转载，题目变成《梁晓声对深圳说不》

《梁晓声敲击深圳》《梁晓声拒绝深圳》等等，等等，不一而足。似乎我曾撰文否定深圳现代化的成就，进而似乎反对中国的改革开放，反对……

便有报刊怂恿我写文章反驳。我一一婉拒了。也许至今仍在到处转载，又变成什么五花八门的题目，无人再寄我，我也就乐得充耳不闻。恐深圳文化界的朋友们偶见会心生出"晓声怎么了"的疑问。散儿到我家来看我，我已当面向她作了解释。今日之某些报刊，为了"卖点"，就是这样的。倘你也偶读了，想必会和我一样，见怪不怪。理解万岁，随他们就是了。所幸当年你和《深圳青年》的编者朋友们，并未从我那组小稿中看出什么"偏激"，并且是喜欢的……

事一提而过。某些人的曲解或故意歪曲，我想，定不会影响我和深圳的关系，以及我和深圳文化界朋友们之间的友谊。

上次一晤，我们彼此坦诚交流了对深圳文化现状，以及未来文化发展的种种看法。你对深圳的热爱，对第二家乡深圳那一种文化责任感、使命感亦令我从此心怀敬意。你发在《深圳特区报》上那一篇关于深圳文化发展的文章，其实我当天回到宾馆就读了。返京的飞机上又读了一遍。

我非常赞同你文章中这一种观点——对于一座崭新的城市，其文化事业的建设，大可不必急功近利，亦大可不必求全责备，只要人人自觉地、有意发光发热，则就等于在为深圳的明天创造着文化的历史。

而我想进一步说，做这样的创造者是光荣的，是值得自豪的。甚至，是配被纪念的。明天的深圳和深圳人，一定会感激他们。正是读了你那一篇文章后，一个时期内我常想——究竟什么是一座城市的文化？对一座新兴的城市而言，一般需在多久的时期内，构成其自身的文化氛围？

思而久之，我归纳了如下的个人观点：

一

普遍的文化人士，知识者，传统上认为，似乎一座城市有着悠久的历史，有着诸多古迹，产生过几代文化名人或知识精英，才算得上是一座文化城。这不错，但似乎并不全面。历史对于一座城市，只不过是它的今天的背景。这背景的文化气息再浓重，其实也只说明着它的过去，并不完全代表它的今天，更难以证明它的将来。倘它今天的公民，不珍惜那一种背景，不善于继承，不思发展，甚至反其道而破坏之，摧毁之，借那宝贵的背景资源以谋眼前之私，以图争切之利，则它的今天，岂不恰恰等于是对它的昨天的反动么？也许不到明天，它就会变成一座没文化可言的城市了。它的文化背景资源，必将如被任意破坏的自然资源一样，挥霍尽净。结果是今人负罪于后人。这样的现象这样的例子，在中国是不少的。"文革"中发生在许多文化名城的"砸烂四旧"，是为典型。今天摧毁历史悠久的古迹抢占地皮大盖商品别墅的个别事例，也令人摇头叹息。

二

一座新兴的城市，在 20 世纪的末叶，并不需要十代人百年史才形成所谓文化的积淀。我们回顾人类的历史，不难发现一个共同的规律——原来凡工商发达之城，几乎必是文化繁荣之邦。东方是这样，西方也是这样；中国如此，外国也如此。可以认为，文化的繁荣几乎是工商发达的必定结果。但是自从资本主义大工业迅猛发展，这一情况有所改变。

　　它——资本主义大工业，一方面用强大的财力支持了文化，另一方面又以它永无休止的扩张排挤甚至侵略了文化赖以存在的特殊空间。比如庞大的工业区排挤和侵略了文化事业的占地。文化人因为非是它所需要的人，被它冷淡，被它蔑视，不得不像精神流民一样移居他往。近代人类历史上，在那些工业最发达的国家，都再现过这样一些被称之为"文化沙漠"的城市。当然，这些城市也非完全没有文化，而是只青睐只提供空间给某几种最能直接带来可观利润的文化。比如影院、舞厅、娱乐场等等。文化的另几类，往往被逼退到了酒吧里和餐馆里，成为那些地方所"配套"服务的歌舞。没有了独立的质量，

仅仅成了工商业的"软件"。但是到了当代，情况
又有所改变。因为人类的思想头脑开始普遍的反思，
开始意识到一座城市给文化的独立质量保留有一定
的空间，对于它本身不可忽视的重要性。还不仅仅
是一座城市的当代形象问题，而是关系到它的公民
是成为纯粹的工商业"工作人"，还是成为合格的
当代人的问题。于是全世界许多城市，都开始关注
自身的文化事业的存亡。

后工业时代是信息发达的时代，一座新兴城市
哪怕刚刚建起了十座高楼大厦，往往便开始规划电台
和电视台的所在地。当人口在数万人以上，必已有
书店。当人口在十余万，必有小学。人口在几十万
以上，必有中学、高中。人口在百万以上，必有大
学。有电台电视台，有书店有学校，有老师有学生，
那么我们没有理由不承认，这样的一座城市的诞生，
其实一开始就伴随着文化的存在。没有历史并不妨
碍它有文化。没有文化的积淀并不妨碍它有文化的
创造。只要人们有那一种强烈的愿望明确的意识，

我认为一座城市最短可在二十年内发展为一座名副其实的文化气息较浓的城市。

深圳即是在这样发展着。

三

什么是文化，这是不言自明的。什么是一个人所具有的文化，似乎也无须争论。什么是一座城市的文化，则就往往仁者见仁，智者见智了。

我个人认为，知识分子与知识分子，文人与文人进行文化的交流，其概念所指，往往是狭义的、学理性的文化。但是就一座城市而言，我不主张以这样的文化概念来讨论，而主张以更宽泛的，影响几乎每一个人生存质量的大文化概念来思考。大到什么程度呢？《礼记·中庸》中说："凡为天下国家有九经。曰：修身也，尊贤也，亲亲也，敬大臣也，体群臣也，子庶民也，来百工也，柔远人也，怀诸侯也。"这是要求于古代君王治国的明哲思想。我想借用来发挥我的观点，也就是说，检验一座城市有无文化的标准，除了狭义的、学理性的文化存在，还应调动一切因素，使它的公民每个人自身都达到一定的文明修养。领导者要尊重人才，要自身就在许多方面堪称文明的榜样，要体恤公务人员，要爱百姓，要扶植百工，要发展和兄弟城市的友好关系。你显然已觉得，我在谈的已是文明，而非文化。我却是这样想的，文明是文化的基础。一座无文明可言的城市，安有优良文化的繁荣？反之，文化若不能带动一座城市的普遍的文明程度，文化的起码作用又从何谈起？

我的意思，也不是在批评深圳人不文明。我是希望它成为一座非常文明的城市，成为别的城市的文明榜样。

文明不但有养育文化的基础，而且本身便是一道使人心情愉快的城市文化的风景。

不文明的城市不可亲，哪怕它有处处古迹和悠久的历史背景。

文明的城市即使是座新城，也会促使种种崭新的良好的文化生机盎然地发展和繁荣。

深圳正在形成着崭新的文化。

那么，深圳不能不需要高度的文明……

四

常常有这样的思维——文化是门面。这有一定道理，但若形成思维定势则不可取。这往往会促使他们做些热闹一时的，最容易引起上级关注的事。因而缺少长远的、开端式的文化策略，而我认为，文化首先是供人享受的。使人在享受中获益。一座城市的文化举措，应首先以这座城市的最广大公民的最实际的文化享受为出发点，为前提。至于上级关注不关注，外地人怎么评说，倒是可以不必太在意的。

故我提议深圳建一座"深圳文化纪念碑"。一切昨天和今天对深圳的文化事业作出特殊贡献的人的姓名，应该刻在碑上。他们的贡献应是被普遍公认的贡献。为了体现郑重性和公正性，应每隔三五年由深圳公民进行广泛评选。这碑的后面，应有一堵弧形墙。可命名为"文化墙"。什么人对深圳文化事业提出过什么有价值的方案，于何时落实在深圳的什么地方，刻在墙上。以此碑和此墙，调动一切深圳人参与文化建设的热情和才智。

我还想提议深圳在全国范围内，向十位文化艺术（包括园林和建筑方面的专家）界知名人士颁发"名誉公民证书"。获此证书者，当在规定年限内，为深圳做一件促进文化发展的事。可以是建议，可以是文化讲学，可以是书法、绘画、摄影、时装等等艺术展出活动。相应的，深圳提供给他们的，是每两年一次的做客机会。这样他们又可通过文化艺术的方式，将深圳的发展变化，传播向外地。五年更换一次，热心者可继续是。

深圳的建设是很迅速的。高楼大厦多了，要有优美的或现代意味儿的雕塑衬托其间才好。是否可以制定一条法规，建设资金在多少千万以上的投资单位，必须划出百分之几用于城市雕塑？其雕塑可在该建筑体前，也可由投资方和城建官员共同协商，选定某处。我想这该不属于乱摊派乱收费之列吧？

我不太懂，勿见笑。

国内有些城市，早几年已开始举办电影节、时装节、戏剧节，多种多样的艺术节等等活动。效果究竟如何，我不甚了了。一座城市，倘能终成某一艺术门类的传统活动举办地，固然是件好事。比如戛纳，由于电影节而闻名世界。但那是一种历史性的机遇，这样的机遇往往具有不可重复性。故我不提这样的建议。但若深圳市已有所打算，我提醒要向专家们咨询，要考察，要分析，以避免虎头蛇尾，轰轰烈烈地开始，偃旗息鼓地告终。要办，就要有坚持下去的恒心。否则，莫如不办。

颈椎已僵，这封信也写得够长了。就此打住。

至于我的那些希望，带有畅想性，仅供刺激你思维的参考而已，其实大可不必当真的。

祝身体好！心情好！

梁晓声

28/4 忙草

尹昌龙 点评

梁晓声与王京生两位先生的对话，已是 1996 年的事了。那是深圳文化创造的春天，一座城市宏伟的文化想象正缓缓打开篇章。重要的也许不在于文化成就多大气候，而在于如何建构一种关于文化思考的正确路径。两位先生的对话，关于文化的理解至少有三点值得珍视：

一、文化是流动的。文化不是固定不移的，文化是流动的。马克思当年讲，地方的文学成为世界的文学，大约就是指全球化以后文化流动的景象。

二、文化是创造的。文化不是一成不变的，文化是创造变化的，估量一个地区的文化力量，不在于它有多少遗存，而在于它有多少新的创造，这才是文化希望之所在。

三、文化并非仅仅产生于贫穷之中，文化可与富裕同在。凡经济发达之地必是文化兴盛之邦，这句话描绘的正是文化与经济携手并进的景象。

走在世纪末的星空下

1999 年似乎神秘得使人紧张，远在它没有到来的时候。

有人早就开始留意这年份。十多年前，下了台的尼克松就写了《1999：不战而胜》，直到今天许多人还对这本书的内容弄不明白，但却记住了它古怪的名字。

但使人真正紧张的还是谣言的传播。一种说法是，这一年天上的星星不再像一盘散沙，而排列得横平竖直，构成一个大十字架，是巨大的凶兆。另有一说是，几百年前那本大预言的作者就已看到，1999 年所谓的恐怖大王将降临人世，整个世界大火冲天。这两则玄机很深的话使许多人惊骇，于是信徒忙着升天，老人忙着买墓穴，暴发户忙着大吃大喝，甚至连平日深居简出的乡下人也开始鬼鬼祟祟。几年前一个浙西人就曾闯入我与朋友们的一个饭局，神秘地通知，1999 年世界要发生大爆炸，唯有中国某一处山洞不炸，而他是少数知道这山洞的人，只要每人交两千元……

呜呼，我们可爱的国民，脆弱的神经，芦苇一样摇摆的灵魂。

这公元的确定，本于耶稣于此年诞生的传说，除了其信徒外，于其他人只是个纪年的符号，至于什么三十年为一世，百十年为一纪，更是数字的游戏，哪有什么实在的意思。不料有人捏造出骇人的 1999 的各种传言，一些学者也拼命地摇唇鼓舌，发布世纪末的情绪，真是活见鬼。

谣言止于智者。

1999 年镇定地走来了，我们镇定地跟着走就是了。浩瀚无垠的世纪末星空在我们头上展开着，那熠熠闪烁的满天星斗，启发着我们对未来的遐想，凝视着我们辛苦劳作的身影，我们即将抖掉那百年积落的尘埃，跨进新世纪的曙光，我们应该轻松地走在这样的星空下。

胡洪侠 点评

　　我们都是 20 世纪过来的人。七八十年代我们耳熟能详的一句口号是："到本世纪末，全面实现工业、农业、国防和科学技术现代化。"简称是"四个现代化"，更简的简称是"四化"。现在的年轻人大概不知"四化"何所指了。我要说的是：1999 年当然要算是世纪末了；当 1999 年来临，我们听到或学到了很多新的说法，本文中列举的只是其中一二，而当年那个响彻大江南北的"四化"怎么就没人提了呢？好像我们当时都没注意到这点吧。我没有那种"一个说法应该永远提下去"的意思，我只是觉得奇怪而已。

辑六　　优雅的狂欢

给文人造个海

《深圳青年》要为文人造个海。

《深圳青年》已开始"93深圳（中国）首次优秀文稿竞价"活动。

惊涛拍岸。商品经济的大潮裹挟着四海的财富，以"声驱千骑疾，气卷万山来"的气势，向古老的中国大陆涌来，向改革开放的中国人涌来。有人临渊羡鱼，有人退而结网，更有人三两下卷起了裤腿"下海"。

曾以精神产品的丰硕平衡着物质生活的清贫的文化阶层，又一次面临着失落。

中国文人，早已走出了"悠然见南山"的年代，笔下舒卷着社会现实的风云，社会现实的风云又掀动着作家的襟怀。而他们对自身的命运却总是无力关怀。而对汹汹的商品大潮，无奈于微微的润笔之水。

弃笔而取计算器，弃则不忍心，不弃又不甘心。

　　能不能无须落身经济的"海"，也作恣肆汪洋，也取雄厚富饶？时代为天下文人呼吁第三种生存方式：以墨作"海"，以笔迎潮！"优秀文稿公开竞价"活动应运而生。

　　建立起一个市场，一个公平地体现出知识和知识分子价值的市场，让文人凭着自己的智慧，富起来；让智慧仗着文人的经济腰杆，流通起来。

　　攥住了经济的杠杆，就能提升起文化和文化人的命运；攥住了知识产权的杠杆，就能提升起优秀文稿的地位和价值。

　　优稿优价，也许惊世骇俗，其实顺理成章。在一个能够点石成金的时代，我们不能让已有的金子湮没于砂砾之中。

　　优胜劣汰，去芜存精。"优秀文稿公开竞价"，催生着"顶而尖"的作品，也遏制着滥竽充数。精神产品的"大河"，在社会效益和价值规律的两岸，波澜壮阔。

竞价会上的第一声槌响，将声透五千年，响动三万里，文人"言义不言利"的藩篱，被一槌洞开。

这第一声槌响，让文人能够伏身潜心于格子，又能从格子上浩浩然站起来。

这第一声槌响，便是一篇走向人类文明辉煌的财富宣言。

文章千古事，得者万人知。——与其临风唱晚，何如与海共潮。

董韶华 点评

《深圳青年》杂志社策划、主办、组织的"93 中国（深圳）首届优秀文稿公开竞价"活动是中国现代文坛史上不可抹杀的一笔。

这次文稿竞价是继深圳土地拍卖之后的第二槌。如果说，第一槌卖的是土地资源，那么，这第二槌卖的就是知识产权。

至今回想起来，如果没有《深圳青年》敢为天下先的勇气，没有《深圳青年》甘为中国文人的升值披荆斩棘的作为，没有《深圳青年》发起的这次全国性优秀文稿竞价活动，国内文人的稿酬，文稿的价值，恐怕在那些年只能徘徊在多收了三五斗之间。那年头，国家标准稿酬是千字三十至八十元，畅销杂志能付出的也不过是千字百把元。文人的价值，不在文稿里，而在位子上。于是，文人下海的下海，经商的经商，下不了海经不了商的文人被搅得坐立不安。

为了改变这种现象，天天与作家作者打交道的《深圳青年》编辑记者提议给文人造个海，尝试在中国首开先河，举办全国性的优秀文稿公开竞价，从而"建立起一个市场，一个公平地体现出知识和知识分子价值的市场，让文人凭着自己的智慧，富起来；让智慧仗着文人的经济腰杆，流通起来"。

这篇发在五月号《深圳青年》卷首的《给文人造个海》就是为这次文稿竞价活动摇旗呐喊的倡议书。文中其情也烈，其意也切，满腔的热情如大江决堤，激动人心，激荡千里。

然而，由于观念差异，新生事物的推动总是诸多阻滞。先有"六作家公开声明退出"事件，接着是有关部门"叫停"，然后是限制竞价会场规模，经几番据理力争，才使文稿竞价活动不至于胎死腹中。

五个月后，一波三折的文稿竞价在海内外媒体高度关注和万众瞩目中大获成功，十一部优秀文稿以近二百五十万元的总成交价全部拍出。其中，纪实文学《深圳传奇》以高出作者底价二十倍的八十八万元天价成交，作者一夜暴富，买家卖家皆大欢喜。

自此以后，全国文稿市场迅速建立，优稿优价渐成行规。中国文人"言义不言利"的藩篱，被一槌洞开。

这篇文字记下了这一章，历史记住了这一幕。

优雅的狂欢

"一年好景君须记，最是橙红橘绿时"。在这美丽的南国深秋，人们与书相约，共赴一场知识的盛会。

读书月是深圳这座城市知识与文化的狂欢节。2009年读书月的年度主题是"文明公民，阅读为荣"，突出全民阅读与城市文明建设之间的关系，意在将阅读活动的开展与文明城市建设结合起来，使广大群众能够从读书活动中感受到光荣，感受到快乐，从而成为更文明、更优雅的公民。

一个城市的文化有发展的关键期，这就如同一个儿童的生活习惯和学养将影响他的一生。读书月走过的十年时间正是深圳文化形成的关键时期。过去十年，深圳人带着理想、感情、追求和担当，脚踏实地地推进全民阅读。十年含英咀华、坚守坚持；

十年不辍创新、培植厚重，终于在无声之中润化心灵，为这座年轻的城市注入了沁人心脾的诗书之气，为城市的科学发展加注了充足后劲，构建了崭新的城市人文风景。

　　如今，读书月活动从起步奠基到迎来新的十年发展，我不禁畅想起它再办十年后的城市风景。那时的城市，定然是高楼广厦、波光帆影，到处闪烁着人们的智慧和机敏；那时的市民，定然是气定神闲、优雅飘逸，处处彰显着文明的风采和精神。斐然的文

化成就，集中了人们的经验和思想；可观的财富积累，使各处都充满着乐观主义光芒。平民艺术趣味提升使城市崇尚美与和谐，而普通市民们身上又能展现出一种静穆的伟大，高贵的单纯。

"书卷多情似故人，晨昏忧乐每相亲。"每年一度的文化盛典已带着阵阵书香走来，不管多么忙碌，愿我们每个人都能手捧书卷，沐浴心灵，为自己和这座城市的再出发蓄积力量！

胡洪侠 点评

"深圳读书月"十周年时，"文化广场"策划过一篇《高贵的坚持 执着的守望》的长文（杨青执笔），全面回顾读书月的十年之路。不妨从中采撷几段，以期读者能收互动阅读之效。

——一个建市仅有三十年的年轻现代化城市，能够把一项全民阅读的文化活动扎扎实实举办十年，这不能不说是一项创举，不能不说是深圳的又一个传奇。

——今年（2009年）正值深圳读书月创办后的第十个年头，深圳人对读书月的渴盼和回望来得格外早。4月23

日，世界读书日，第十届读书月的几项主题活动就紧锣密鼓地开张了。这一天，四十多台自助图书馆全面启动。像取款机一样方便的自助图书馆在许多小区和公共场所安家落户，昼夜二十四小时静静等候读者的光临。这一天，五项读书月主题活动同时启动："深圳读书月嘉宾回访""读书主题歌征集""读书格言征集""读书月公益广告征集""读书月十年读书活动摄影作品征集"。

——城市的文化品位，不是一朝一夕形成的，它有历史积淀，更有当代提升。深圳读书月积十年之功，一心缔造的就是这样一种胸怀，这样一种气魄，这样一种对急功近利的超越和仰望星空的能力。历经十载岁月的深圳读书月，不仅体现出深圳人一种高贵的文化坚持，更映照出深圳人执着的文化守望。

——一座年轻的移民城市，循着"文化立市"的方向，以读书月为平台，集合众多文化品牌活动的力量，逐步建立起自己的文化形象和城市品位。深圳正不断向新的精神高度进行着文化攀升。慢慢地，市民的家园感越来越浓了，浮躁的心情沉静下来，梦开始的地方变成了安放心灵的地方。

——现在回头来看，深圳读书月的创立与深圳这座城

市的华丽转身就像是一种提前预设的呼应。深圳读书月似
在不经意中作了城市转型的前奏，十年来与这座城市相伴
而行，书香十年，终于慢慢熏陶出这个城市独特的风骨和
品位。十年的苦心经营称得上是一种高贵的坚持。回望深
圳读书月的十年路径，你会发现原来它的节奏与深圳这座
城市十年的峰回路转惊人地吻合。

　　——深圳不管是文化竞争力还是创新能力，在全国都
名列三甲以内，而城市竞争力连续三年位居第二，在内地
城市名列第一。这样的优势是深圳华丽转身的硕果，也是
深圳后续发展的动力和源点。而在这一过程中，没有谁能
否认读书月这十年对深圳这座城市的滋养和浸润之功。

　　——换一个角度，我们也可以说，如果把深圳读书月
比做一辆满载纸质书籍的车，当它从传统的阅读客站隆隆
开出，就发现原来阅读地图上标注的路线越来越难走了，
而窗外网络海洋一年比一年汹涌澎湃；到后来，它必须一
边行驶，一边自己开路；一方面坚守原来的方向，一方面
与网络共沉浮。正因为读书月是在阅读文化急速转型的年
代诞生，它担负的使命就格外的艰巨，因此意义也格外深远。

　　——当全国图书馆冷冷清清的时候，深圳图书馆人头
攒动；当很多地方的新华书店一家接一家关门转业的时候，

深圳书城一家接一家扩容，而且永远占据这个城市最核心的位置；当别的城市新华书店门前冷落、日见凋敝的时候，深圳的书城开一家火一家，每到周末更是人潮涌动。深圳中心书城还开了一家二十四小时书店，那里常亮的灯盏，常开的门庭，不仅给这个城市的读书人，也给来自全国各地的爱书人提供一个永不打烊的书屋，就像读书月这盏被点了十年的明灯一样，长亮不熄。

深圳梦

　　深圳是一座梦想之城，承载着深圳人的理想主义和激情梦想。杰里米·里夫金在《欧洲梦：21世纪人类发展的新梦想》中阐述他理解的美国梦："这是一片献给'可能性'的土地，这里，持续不断的进步是唯一有意义的指南针，而进步被看做和太阳升起一样理所当然。"这样的描述与深圳的拓荒发展何其相似。深圳曾是中国最有想象力的城市，这里包孕着无数力图开创新生活的移民们的追求与梦想。

　　"深圳梦"是现代移民的梦，是"敢闯"者的梦。深圳是一座崭新的移民城市，95％以上是移民，当每一个移民背井离乡、胸怀满腔热血踏上这片热土的时候，他已经"闯"出了故乡的家门，"闯"上了人生的发展道路，"闯"向了自己的憧憬和希望。"闯"，是艰辛的，但也是自由的，正是广大移民的"闯"，

才展示了他们的质量和个性，才展示了这座城市的意志和诉求。当来自五湖四海的移民开始在深圳"闯"的时候，他们也在这里播种和耕耘着"深圳观念""深圳梦"。

"深圳梦"是以无数普通人的追求为基础的。正如在评选"来深圳的十大理由"中人们讲述的那样，有人梦想改变经济地位，朴实到就是为了赚钱，为了淘金；有人则喜欢这个新兴社会的生机勃勃，不愿意再受原来文化的束缚；还有人简单到喜欢这里的气候，为了和不幸福的配偶离婚，或者仅仅是为了一年四季都可以穿艳丽的裙子，看香港电视。

他们绝大部分怀揣自信和梦想，想脱离过去的平淡，想证明自己的价值，想解脱贫困的压力，想成就壮丽的事业……有相当多的人由于自信和梦想而踏上成功的阶梯。从某种意义上说，自愿来深圳的人都是理想主义者，他们心怀梦想，不甘平庸，勇于闯荡，饱含着实现自我、超越自我、获得新生活方式的冲动。这就是梦想的引力！

回顾深圳建设史，能吸引那么多"寻梦人"的正是"深圳观念"，而不仅仅是这里的高楼大厦和物质财富。这些观念改变了无数人的命运，也改变了深圳，塑造了深圳。因为深圳首先生长的是精神和观念，其次才是高楼大厦和速度。一座城市之被人尊重，并不仅仅在于其悠久的建城史和创造的经济价值，而更多的在于其所秉持的价值观念和持久的梦想。这样的城市，温暖、智慧而富有力量。

邓康延 点评

深圳梦，说到底，是一个个个体闯荡的梦，是突破以往枉梏求取自我价值最大化的梦。有拔地而起的城，就有渴望飞翔的人。在大逃港的年代，深圳与民众相依为命；在大开放的年代，深圳与民众依然相依为命。

萌动，实现，破灭；破灭，萌动，实现。这不是轮回往复，是螺旋上升。

因为热爱读书而受人尊重

每座城市都有自己的特点，也有受人尊重的地方。有的因其历史的久远，有的因其风光和建筑的美丽，有的因其富裕与繁华，有的因其出过名垂青史的显赫人物，等等。作为一座年轻的移民城市，深圳以其经济上的发展及成就，铸造了城市自身的历史与传奇，赢得了世人的广泛瞩目。但是，单靠经济上的成功是很难获得与维持别人的普遍尊重的。在我看来，深圳应当成为因爱读书而被人尊重的城市，深圳人应当成为因爱读书而被人钦佩的群体。无论如何，一个人，一个家庭，一座城市，乃至一个国家，倘若因为爱读书而受人尊重，总是一件特别让人骄傲的事情。

读书是求取事业功名的途径，并且是最干净的途径，自古以来无人置疑，但这远非读书人追求的全部价值。对真正的读书人而言，读书成了他们本性的一部分，成了一种永不满足、无穷无竭的欲望，成了一种生活方式和高级享受。不问功名，不计利害，畅游书海，含英咀华，浸润其中，乐于其中，可以食无肉，不可居无竹，更不可读无书，这才是读书的真境界。甚至四季也可以与读书之乐如此微妙地和谐起来："读经宜冬，其神专也；读史宜夏，其时久也；读诸子宜秋，其致别也；读诸集宜春，其机畅也。"清代学者张潮在其著作《幽梦影》中写的这段话，可以说把阅读的神韵解说得淋漓尽致，体现了读书本身给人带来的无限快意。

就家庭而言，因一代或几代人都爱读书而成为受人尊重的"书香门第"的例子，在历史上更是举不胜举。其中，江苏常熟翁氏家族是最为典型的代表之一。常熟翁氏家族以翁同龢最为知名，他出身名门，家势显赫，父翁心存，为清代咸丰、同治两朝大学士及两帝老师；长兄翁同书，官至安徽巡抚；三兄翁同爵官至湖北巡抚；翁同龢本人幼承家训，饱读诗书，文才出众，为清咸丰六年（1856）丙辰科状元，官至工部尚书、刑部尚书、军机大臣、协办大学士，是同治、光绪两朝皇帝的老师。翁同龢的侄子翁曾源为同治二年（1863）癸亥科状元，另一侄子翁曾桂官至浙江布政使，侄孙翁斌孙，官至直隶提法史。翁氏一家，父子入阁拜相，同为帝师；叔侄联魁，状元及第；三子公卿，四世翰苑。如此功名福泽，在晚清汉族的书香门第家族中实属凤毛麟角。其原因，也许可以在常熟翁家巷（又称状元坊）随处可见的对联中找到："绵世泽莫如为善，振家声还是读书"（彩衣堂联）；"入我室皆端人正士，升此堂多古画奇书"（书楼阁联）。依此而言，书香门第的真正本性与特征，不在于追求外在的功名利禄，不在于表面上的家族礼教，而在于家族中形成一种与书为伍、享受读书之乐的共同喜好，在于一种尊重文化、追求新知的内在氛围的凝聚与传承。

一座城市因其读书人多而使城市有历史地位的例子也不少见，其中最为典型的莫若苏州。唐宋以来，随着江南的大规模开发及中国经济重心的不断南移，太湖流域成为全国最为富庶的地区。与此同时，以苏州为代表的江南文化也繁荣发达起来，其人文鼎盛的状况，在时任苏州刺史的唐朝诗人韦应物《郡斋雨中与诸文士燕集》一诗中得到了最为集中的体现："吴中盛文史，群彦今汪洋。方知大藩地，岂曰财赋强。"他的意思是说苏州不仅经济发展好，对国家的财赋作出了大贡献，而且文化昌盛，文人荟萃，让人叹为观止。苏州风物清嘉，地灵人杰，之所以自古就是一方养育人才、滋润人才、造就人才的风水宝地，最主要的原因无疑与其历史上长期形成的读书氛围与人文传统紧密相关。它一方面铸就了苏州独特的城市历史地位与苏州人对自己城市历史的无比自豪，另一方面苏州这座城市也获得了世人广泛的尊重与敬意。

与苏州源远流长的人文历史比起来，深圳的城市历史无疑是极短暂的。但新城市自有新气象，经济方面的情况且不说它，单就深圳的读书现象而言，就可见其城市精神与文化活力：蝉联二十三年位居全国第一的人均购书量；座无虚席的图书馆；人满为患的书城……深圳人的读书热情，形成书声琅琅和城市文化氛围。深圳人爱读书、以读书促进个人和城市发展的风气不断延续与加强，深圳也因此获得了生生不息的发展动力。

邓康延 点评

敬字惜纸，春秋大义。

爱书悦读，城中底气。

城市，因阅读而改变

中华民族向来崇尚读书、推崇知识，几千年来伴书成长，为书而乐、因书而强，谱写了辉煌的文明。年轻的深圳，秉承着这个民族的读书价值，始终把知识作为这个城市强大的发展动力加以培育，把热爱读书作为市民的主流生活方式加以推广，并因此推动了这座城市的快速成长和提升，演绎了一部堪称世界奇迹的城市发展史。

阅读改变城市发展模式，推动深圳科学发展。城市的凝聚力、影响力和辐射力很大程度取决于人文力量，文化是决定城市未来发展的关键，是城市的核心竞争力。从前的深圳只是南中国的一个边陲小镇，资源匮乏、文化底蕴缺乏，曾被世人称为"文化沙漠"。是什么样的力量使这座城市仅用三十年的时间，创造了中国乃至世界的奇迹，缔造了一个世界瞩目的现代大都市。是深圳年轻、包容、充满力量和智慧的文化，造就了一种敢闯敢试、杀出一条血路的豪情壮志，形成了巨大的创新力量。这种创新源于读书、源自知识。对读书的渴望与热情，形成了积极倡导读书的文明形态，使得深圳不再停留在拼规模数量为主的粗放型城市发展阶段，而是进入了以拼创新质量为主的集约型发展阶段，深圳也因此迈入了"文化自觉"时代。通过知识获得解放，通过创意获得发展，城市发展方式正在从外延扩张逐步向内涵增长转变，从主要依靠消耗物质资源取得高速增长向主要依靠开掘知识资源和创意力量的新型发展模式转变，走出一条科学发展的新路。

阅读改变城市发展目标，提升深圳幸福指数。衡量一个城市的优劣，不在于 GDP 有多高、也不在于有多少高楼大厦，而在于人们的幸福感，这种幸福感来自心灵上和精神上的满足。而阅读从古至今都是给人幸福、给人和美、给人希望的最有效途径。莎士比亚曾经说过："生活里没有书籍，就好像没有阳光；智慧里没有书籍，就好像鸟儿没有翅膀。"
深圳作为我国改革开放的"窗口"，是一个商业极为
发达、市场化程度很高的城市，来自世界各地的人
们都聚集到这里来实现发财致富的梦想，功利主义、
实践理性等一度影响着这座城市的发展目标，影响着
人们幸福观念的形成，为此，需要文化与知识的力量
来加以平衡，并最终落实为价值理性和人文精神的建
构。实施"文化立市"战略，提倡构建力量型、智能型、
创新型的文化形态，因此成为城市重要的文化战略选
择。只有心灵得到不断滋养，真善美成为人们的追求，
幸福才能悄然降临，而读书就是对心灵最好的耕耘！

　　阅读改变城市价值观念，引导市民以读书为荣。
深圳是一座年轻的移民城市，当初，万千才俊南下
鹏城，怀揣梦想、充满激情，催生着城市的快速成
长，与此同时，浮躁喧嚣的气息也涌动在这座城市。
毋庸讳言，这种浮躁喧嚣曾在一个时期困扰着我们，
那些挥洒青春和汗水富起来的人们蓦然回首，却发现
应当思考心归何处，何以为荣的大问题了。这个时候，

深圳读书月应时而生，城市之中读书向学之风大兴，随读书而来的大气开始压制浮躁，优雅开始驱逐粗俗，市民乃至城市的价值观念亦悄然而变，读书成为一件特别光彩的事，街头巷尾、机场车站……谈书论读成为文明的象征、身份的代表。

阅读改变城市生活方式，鼓励市民读书为乐。随着现代城市的不断发展，人们在物质生活水平不断提高的同时，越来越渴望得到精神上心灵上的快乐。"至乐莫如读书"，古人告诉我们，唯有读书能带来这种充满生命力的快乐，这是一种智慧之乐、心灵之乐。能够享受这种读书之乐，也是现代人的文化权利，它的实现状况在一定意义上标志着社会的文明与进步程度。这些年来，深圳非常重视文化权利的实现，不但在公共文化设施方面加大了投入，更重要的是通过积极倡导读书活动，使一个商潮涌动的城市同时成为书香弥漫的城市。

阅读使深圳从知识中获得力量、从经典中吸取智慧、从文明中启迪创新，深圳因阅读而改变。

胡野秋 点评

有一句古话："人靠衣装马靠鞍。"说的是人无论如何英俊，都离不开得体的穿戴。一件衣服会让你对它的主人一目了然，衣服是个人"气质"的外在表现形式。

城市如人。

城市的"气质"通过城市人的行为散发。

踏进一座城市你对它作出评判的不是豪华酒店、声色场所，而是博物馆、图书馆、书店。读书的人永远是城市最美的风景。

深圳曾经以"淘金之城"引来孔雀东南飞，那时的气质至多只是个暴发户。但三十年后，深圳的气质在蜕变，那种铜钱味儿逐渐淡去，书香日益弥漫。

世界最大的单体书店在这里，中国内地唯一的二十四小时书店在这里，遍布全城可"通借通还"的自助图书馆在这里……

深圳人曾经顶烈日、抗雷暴只为了抢购一张股票抽签表，今天深圳人无论在地铁还是草坪，手不释卷成为常态。这就是阅读的力量，这是阅读改变一座城市的最佳范例。

在古徽州西递村的"履福堂"，有一副对联："几百年人家无非积善，第一等好事只是读书。"

在深圳，越来越多的人喜欢上这"第一等好事"。

这座城市的希望也便如那盏长夜不灭的"二十四小时书吧"里的灯，继续闪耀下去。

新春，书香氤氲

"处处鞭炮声，句句是祝福"，热闹、快乐、祥和是春节给人的传统印象。随着现代城市的不断发展，在物质生活水平不断提高的同时，工作、生活等压力也在加重，人们越来越渴望利用春节这一长假得到更高境界、更加饱满、真正意义上的快乐。近年来，已有不少人自愿留在深圳过年，除逛商场、公园外，书城、图书馆等文化场所已成为愈来愈多市民过节的好去处，很多父母带着小孩一起徜徉在"书海"中，呈现出一派祥和快乐的过节景象。据统计，2011年春节期间深圳各大书城人流量达三百万人次。深圳已经有许多市民选择了将读书作为过年的快乐休闲方式。"读书过节"正在以一种积极的姿态，进入人们的生活，让人们在春节期间充分享受文化权利、培养积极向上的生活态度，也让深圳这座城市通过读书培养和形成健康向上的城市文化形态。

在过去，春节期间亲朋好友相聚主要是唠唠家常、吃吃喝喝。随着读书成为人们的一种生活方式，至今"谈书论书、以书会友、以书结缘"已发展成为人们过节的"新习俗"，通过"读书过节"拓展了人们过节的视野和交往的范围，增进了亲情友情，促进了社会和谐。深圳在每年春节期间，各种读书文化活动精彩纷呈、内容丰富，市民参与热情高、参与范围广，有政府举办的读书论坛，有自发组织的读书沙龙，就深圳读书月组委会而言，在春节期间举办的读书活动在十五场以上，参与人数达到近万人次。

读书也推动了岭南文化的发展。在过去，岭南文化中很忌讳"书（输）"字，而近年来深圳通过举办"深圳读书月""市民文化大讲堂""外来青工文化节"等一系列活动，已在市民中间形成了谈论知识、谈论科学、谈论学术、追求理想人生的良好风气，逐渐改变了人们对"书"字的认识，现在"过年送书"已成为深圳人的潮流和时尚。

　　总之，"读书过节"已逐步深入民心，正成为深圳人过节休闲娱乐的主要方式。"读书过节"已为传统节日文化注入新的内涵，也使生活在深圳这座喧嚣城市里的人们进一步找到了心灵的港湾，得到了精神上的慰藉和升华，整个社会的和谐与文明程度也得以进一步提升。"以读书为荣，以读书为乐"已成为深圳人普遍认同的价值理念和生活方式，势必对深圳这座年轻城市的持续长远发展产生深远的影响。

胡洪侠 点评

　　一个移民城市，很容易形成传统节日里的"新习俗"，比如年俗，除年夜饭、拜大年之外，深圳起码已渐渐形成两种"新年俗"：一是大年初二去莲花山顶瞻仰小平雕像，给小平拜年；二是除夕夜逛书城，抢购优惠折扣书。活的文化、新的传统，在这里就严丝合缝般地结合起来了。

　　什么时候，当深圳不再给孩子们发红包，不再给员工发开工利是，而是时兴相互赠送书籍——用大红包装点起来的精美书籍，我们的新春就更加书香氤氲了。

阅读·城市·未来

十一月总挽着读书月，带着书香，热热闹闹地走进深圳。

深圳读书月，一座城与书的美丽盛会。

或问：为什么要举办读书月，为什么用这种形式来提倡读书，一座城市为什么要以读书月的形式去推动？因为这种形式体现了深圳这座城市所提倡的价值观念、文明模式和生活模式，就是让"以读书为荣"成为我们的价值观念，让"以读书为乐"成为我们的生活模式。什么事情是光荣的？读书是光荣的。什么是一种很大的乐趣？读书是一种快乐。读书月，就是要通过形式的推动来告诉市民，告诉社会和告诉整个城市这种价值观念、文明模式和生活模式。

现在，通过十几年的努力，这种价值观念已深植于城市之中了。这座城市，看得起读书人，看得起喜欢读书的人，喜欢读书的人以在这座城市生活而快乐高兴。这就是读书月的功德。功德，不是能通过统计数字来看的。我们说不清楚读书月到底能对这座城市产生多少量化的东西，而这恰恰也是读书月成功的所在。因为，真正有作为的事业，是无法计量的，是不见短时之功利的。在见短时功利的

事情之外，有这么一个不见短时功利的大功之在，是我们的一个追求。正如佛教所说，功德在见性自性，读书月就是见性自性的事情，这是大功利。就个人而言，人们有各种各样的乐趣，这个世界上形成乐趣的东西也不少，有口腹之乐、狂欢之乐、娱乐之乐，而读书给我们的是智慧之乐、心灵之乐、和美之乐。这种乐，非天然所能至，而是若有所得。只有通过读书这样的媒介，才能真正培养人的科学精神、理性精神、人文精神。人既要科学理性，更要赋予人文精神，这些东西非读书而莫取，其他东西都没法代替。

读书月活动的举办，不仅表明一座城市的文化态度、文化追求，更表明深圳对未来的志向，不急功近利的远大抱负，这是深圳最重要的软实力的源泉。正如温家宝总理所说，一个民族要兴旺发达，就不仅要有人脚踏实地，埋头苦干，更要有人仰望星空，坚守精神家园。仰望星空，就是去时时思考更加深邃、更加奥秘无穷的未来。我们的城市，不但要稳步推进经济发展，实现又好又快运行，继续做好改革开放和经济发展的排头兵，也要有仰望星空的能力。只有这样，这座城市才能诞生持之以恒的理想主义的激情，而不是情绪化的爆发；只有这样，深圳人才能在以观念为先导的特区旗帜之下，不断向前开拓。

当我们看到我们这座新兴城市也曾经文化浅薄、风气浮躁、社会上弥漫急功近利行为时，我们没有以浮躁压制浮躁。我们举办读书月，以优雅、镇定、大气去压制和改变这座城市的浮躁气息，以增加这座城市的文化底蕴。

读书月能够成功，还在于坚持。持之以恒的心态非常重要。一种学说也好，一种主张也好，一种文化形式也好，什么是最可贵的呢？就是坚持。坚持，说明主张者的心态和他对事物本质的认识。读书月搞得好，还因为不断的创意。如果一个活动为定势所困，就势必会走向没落。就像《道德经》所说："天下皆知美之为美，斯恶矣；皆知善之为善，斯不善矣。"当一件事情没有发展，没有新的创造的时候，事情就开始走向反面。这，也是读书月活动应有所警惕的。

只有不断发现事物的不足之处，不断推出新的创意，不断深化对问题的认识，提倡一种崭新的价值观念，才能把读书月越办越好。

为了每个人的事业，为了每个人的文化权利的实现，为了我们城市更加光明远大的未来，我们要继续坚持阅读。

尹昌龙 点评

读书，是京生先生念念在兹的事情，正因为京生先生等人的念念在兹，读书也成为这座城市念念在兹的事情。讲读书有千条万条，而将读书与未来相联系，尤其值得我们思考。改革开放以来，市场经济的利益原则固然推动经济的发展，但也造就了一种急功近利的世风，一切冲着利益去，得利则喜，失利则悲，心态因此而浮躁。在一个以持续发展为目标的社会中，将阅读与未来联系起来，是我们所要探索的。

需要我们关注的，至少有两点：

第一，爱读书的人一般不是短视之人。因为读的书多了，懂得了世界的辽阔；因为读的书多了，知悉了仰望天空的重要。我们因此会少一份眼下的计算，多一份长远的考量。

第二，爱读书的人一般不是浮躁之人。因为读的书多了，看得也就远了，心胸也会随之开阔；读的书多了，想的事多了，就会有一份知古见今的从容与淡然。越来越多精神的元素沉淀于内心，内心成为一条静水流深的河流。

读书，因此联系世道人心，更因此联系未来。

在阅读中前行

　　深圳是中国最年轻的城市，来深圳的人都怀揣各种各样的梦想。抱着梦想、寻求梦想、实现梦想，正是这座城市不可阻挡的创造力量，而实现梦想的动力，就是不断的知识更新和信息滋养。因此，这座城市的人对知识、对信息的追求就更加自觉主动、如饥似渴，而这座青春都市也因此有了巨大的读书热情。

　　在这里，人们无论是为了工作而阅读，还是为了心情愉悦而阅读，深圳都把其当做一种基本文化权利来保障和实现，使人们的文化权利像政治权利和经济权利一样得到充分尊重。深圳在经济高速发展的同时，还很重视"图书馆之城"的建设，建了几百座大大小小的图书馆，还建了那么多书城，全国的第一个书城在深圳，全国功能最完善的书城在深圳，全国第一个二十四小时自助图书馆也在深圳……
这一切看似偶然，但绝非偶然。正是深圳对人们文
化权利的尊重，创造性地营造快乐阅读的氛围，才
为市民群众提供了如此完善的阅读条件和阅读环境。

　　深圳有一群爱书之人，在持之以恒地热心推动
读书活动，这种始终如一的热情很重要。大家对读
书的共同兴趣和爱好，对城市未来的共同关心，不
断地推动着读书月这类全民阅读活动迈上新台阶。
古人云，"天不生仲尼，万古如长夜"，正是有一
大批热心人士的积极推动，读书，逐渐融入了每位
深圳人的精神生活，牢固地嵌入深圳这座城市的文
化根系和精神血脉。

　　2010 年，是深圳经济特区建立三十周年，古人云，
"三十而立，四十而不惑"，深圳可以率先做到"不
惑"。要做到"不惑"，就需要对周围的形势和自身，
都有清醒的认识，而这些与阅读又有着密切关联。"不
畏浮云遮望眼，只缘身在最高层"，深圳要想站在
最高层，清醒地认识客观世界，就需要有睿智的目光、

理性的思考，要有知识有智能。"道通天地有形外，思入风云变态中"，我们要经常在思想王国里遨游一番，在风云变幻之中把握方向和趋势。

可以说，对自身和客观世界的认识，正是做到"不惑"的两个最基本的常识。这就需要我们继续用大气去压制浮躁，用优雅去驱除粗俗。深圳是一座生机勃勃的城市，但一开始确实很浮躁，经过多年来书香社会的营造，很多人的心灵慢慢安定下来。我们在忙碌的同时，也要记住温总理的教诲，就是要"仰望星空"，坚守精神家园。从"三十而立"进入"不惑"的深圳，更需要大气和优雅。要做到大气和优雅，就要靠我们持续阅读，继续保持对知识旺盛的渴求，保持阅读的热情，而这也是保持这座城市的动力和热情。

有了众人"拾柴"，城市的阅读之火将越烧越旺，城市的书香将越来越浓郁。而立之年的深圳，亦可张扬阅读之风帆，启航驶向更加美好的明天。

胡洪侠 点评

　　俯首阅读时，我们寻找的是智慧，是力量，是"巧实力"的那个"巧"字。仰望星空时，我们寻找的是方向，是胸怀，是光。明乎此，我们就知道：俯首阅读也就是仰望星空。一座城市不能没有俯首阅读的市民；如果没有或很少，这座城市就失去了仰望星空的能力。这座城市也就因此没有了方向，没有了智慧，没有了光。

爱书之城

深圳改革开放的思想解放历程告诉我们，要了解世界的真相，就在于以理性战胜蒙昧，挣脱种种禁锢，勇于面对真实，回到人的尊严、回到理性的尊严、回到心灵的尊严。

而要拥有这种理性，就在勇于求知。我们看到，随着社会的发展，深圳观念越来越趋向于知识、理性和文化。深圳十大观念中，就有两条是关于读书、关于文化的，一是"让城市因热爱读书而受人尊重"，一是"实现市民文化权利"。

深圳，这座移民之城，曾经被认为是无根的城市，它的城市精神气质要建立在什么基础之上，它的城市文化模式朝哪个方向发展，是我们每个生活于此的人应当思考的问题。今天，我们应该已经有了答案，就是奠基于知识理性之上。英国大哲人培根在《论读书》中指出，读史使人明智，读诗使人灵秀，数学

使人周密，科学使人深刻，伦理学使人庄重，逻辑
修辞学使人善辩。凡有所学，皆成性格。阅读是塑
造城市的文化力量。举办读书月，是深圳的一大创举，
对于营造书香社会、实现市民文化权利、提升市民素
质、建设学习型城市，影响深远。阅读让人远离急功
近利，追求高远境界；远离狭窄心胸，追求世界视野。
读书能够改变气质，知识能够拓展心胸、开阔视野、
成就人的生命意义。回首这十几年，其坚持之力令
人感叹，令人久久回味。在深圳，人们对恪守信念、
仰望星空的人充满敬意。一个爱读书的民族必然是
一个优秀的民族，一座爱读书的城市必然是一座有
着不竭发展动力的城市。

　　读书所引导的沉潜的风气，对城市发生着潜移
默化的影响，以读书为荣，以读书为乐，成为深圳的
价值观念、文化模式和生活方式。深圳，在市民眼中，
是因为阅读而逐渐远离浮躁，变得理性宽容宁静和
谐；在世界眼中，是一座读书爱书的城市，一座因
为阅读而受人尊重的城市。

读江鹄先生诗有感

　　《深圳商报》"文化广场"文人雅集，以文会友之地也。读江鹄先生之诗，似娓娓道来，实内存气象。荆楚大地如在眼前，千古风流人物如在眼前。其中佳句颇多，试集以和之——

　　　扑面而来几叶青，
　　　谁知内藏百万兵。
　　　横指山川纵论史，
　　　气压湖广六百城。
　　　君不见楚天沃野霞雾蒸，
　　　大江沧桑转头空。
　　　古来万事东流水，
　　　冉冉红日又东升。
　　　君不见隆中寒雪压草庐，

经略天下成霸图。

楚雨吴烟细波乱，

暮霭深处伏战舰。

君不见翠雾缠峰几重深，

中有千年不死王昭君。

香溪源头品春茗，

又闻屈子朗吟声。

君不见方下神农上武当，

夜会东坡听绝响。

黄鹤楼上一望收，

万家忧乐到心头。

文采虎变愚不测，

政余问文亦奇崛。

何日暮时炊烟乡湾里，

书屋开卷听君款款语。

李凤亮 点评

　　江鹄先生的诗，我也读过一些，甚至还应邀写过一篇近两千字的评论《在广袤的大地上抒写心意》，与京生这篇《读江鹄先生诗有感》一同刊于《深圳商报》的"文化广场"上。我当时以四句话评论江鹄先生的诗——诗缘情，诗言志，诗无法，诗有格。说的是一个读者的直接感受，却始终觉得与诗本身有点"隔"。这种"隔"，一是因为"诗无达诂"，未必了解诗人江鹄真实的心志；二是缘于评论与诗歌在"体式"上的差异——几首好好的诗，一旦左理右缕，看似整明白了，实则把诗意诗味整淡整没了。

所以在同期报纸上第一次读到这篇《读江鹄先生诗有感》时，我有点愕然，更有点喜爱。愕然的是，今天还有像杜甫《戏为六绝句》、元好问《论诗绝句三十首》、赵翼《论诗绝句》那样敢于"以诗论诗"者；喜爱的是，这首评诗之诗不仅得原诗形式之妙，而且在气势上纵横开阖，动静得宜，韵致别具。

江鹄先生原诗，是一种似词似曲又似诗的独创体，我将其归之于"新古典主义诗歌"之列。这样的诗，写得好，能得古典体式与现代自由风格两者之妙；写得不好，则会两边不靠，文白相克。京生这首评诗，形制上用李白《将进酒》的"君不见"体，又很得江鹄原诗"新古典主义"的精髓，显得酣畅、自然、洒脱；内容上，四个"君不见"，分述楚地之阔、楚史之奇、楚人之伟、楚文之盛，十几行字，就把二十首原诗的万千风情概述殆尽，更透出一种磅礴淋漓的大气象。这中间，需概括力，需想象力，更需表达力；需理性，需知性，更需诗性。

从这个意义上讲，或许也可以说，好的"以诗论诗"，是诗歌品评的一种"至境"。

辑七　　　最美好的情感

永存感恩之心

感恩是普世观念，是人类美德，是善的源泉和根基。

感恩是高度的文明，感恩是无上的责任。对人，要设身处地去同情和关爱；对己，要满怀感恩之心切己反思。正如《礼记》所说："太上贵德，其次务施报。"我们感恩自然，才有人与自然的和谐相处；我们感恩他人，才有人与人的和谐友爱；我们感恩社会，才会珍惜社会的馈赠，才会懂得付出与回报是我们的天职。一句话，有感恩和回报，才有和谐社会，才有美好未来。

经过多年的教育引导、实践强化，感恩和回报的道德准则，已化为深圳市民的道德意识和行为方式，升华为深圳人的群体意识和自觉行动。每一个深圳市民，无论是流水在线的普通工人，还是发家致富的企业老板；无论是普通市民，还是成功人士，都怀着一颗感恩的心，通过各种方式感恩社会，回报人民。

时代在进步，祖国在发展。深圳也开始进入文化成长的关键时期，这将决定我们这座城市的文化品格和特色。我们的目标，是追寻一种融合了血性和理性，力量型、智能型的城市文化。而伟大的抗震救灾精神，将是深圳建设这种城市文化的宝贵精神财富。在今后的公民道德建设工作中，我们将大力弘扬伟大的抗震救灾精神，继续加强"感恩回报"意识培养，努力形成开放包容、胸襟洒脱，大家风范、雄浑深厚，创新、刚健、智慧和力量并存的城市人文精神，铸造包容、感恩、仁爱、和谐的城市品格。

邓康延 点评

多年前美国一辆车上印着一句话：如果你认识这行字，请感谢你的小学老师。

今天的每个人都享用着他人的劳动创造：衣食住行的每一物质细节，前人的书籍影像，山河以及草木花鸟虫鱼，父母亲朋的爱。感恩是每个人的起点和终点，我们感同身受。

最美好的情感

关爱行动从 2003 年走到 2006 年，三年了。关爱，已随着春风细雨在鹏城大地扎根发芽。关爱，已深深镌刻在我们的心灵深处，成为我们共同的心声、共同的思绪、共同的行动。爱是宽容、是善良，爱是友情、是温馨，爱是悲悯、是和谐……三年来，爱的旋律就一直在我们身边回荡，爱的故事也一直在震撼着深圳人的心。

在关爱行动中，整个社会涌起了巨大的爱的浪潮。值得我们尊敬的市民和企业捐出了一笔笔善款，帮助生活中遇到困难的人们；深圳的义工们用真诚的微笑、辛勤的劳动，体现着送人玫瑰、手有余香的精神价值；我们的媒体成了关爱行动的策划者、传播者，成为爱的纽带、爱的天使；在小区里，互不相识的人们彼此间嘘寒问暖，亲如家人。

当人和人之间有了关爱，生命就变得美好和崇高。在崎岖的人生旅途上，我们点亮了无数爱的火把。有家就有爱，有爱就有家。在我们的身边，有多少盏灯光因为爱而点燃；在我们的生活里，有多少个家庭因为爱在忙碌着。爱是一种奉献，爱是一种情怀，关爱是人类最美好的情感。

深圳关爱行动在关爱深圳困难群众的同时，也将爱心、真情和热力源源不断地献给青藏高原、云贵大山、塞北村寨和粤东贫困地区。丛飞、贺方军、柳献共、臧金贵、黄联明、陈观玉、曾柳英、李泓霖、高正荣……一批批爱心人物不断涌现，他们都在用爱演绎着生命的壮美，都在用爱呵护着每个需要呵护的心灵。

以丛飞为杰出代表的义工群体和他们表现出的高尚精神境界，提升了深圳这座城市的价值。无论身份、背景、经历有多么不同，他们都以自己的方式，向我们证明爱可能达到的高度，以及爱心所蕴藏的能量。我们看到，一种新的传统——爱的传统正在这座崭新的城市里根深蒂固。

　　关爱行动，让深圳全社会形成了关心人、爱护人和帮助人的社会氛围，增强了深圳的凝聚力与亲和力，使深圳成为温馨之城、友爱之城、和谐之城，充满蓬勃的生命力。

　　我们奉献的每一份爱心，都将给困境中的人们带来生命的温暖、生存的勇气和生活的希望；我们为社会所做的每一件善举，都会洗涤我们的灵魂，提升我们的品格。让我们弘扬中华民族扶弱济困、关爱互助的传统美德，共襄善举，让我们向每一位参加关爱行动的人士表示深深的敬意，让我们共建安居乐业、友爱互助的和谐家园！

胡洪侠 点评

　　深圳关爱行动进行到第六届时，我曾受托起草过一份"深圳关爱宣言"，录在这里，权充《最美好的情感》的一个见证：

　　值此第六届深圳关爱行动启动之际，我们谨和全体深圳市民一起，以继承传统美德之情怀，弘扬时代精神之责任，争做现代公民之态度，发布深圳关爱宣言如下：

深圳自诞生以来，改革开放成就举世瞩目，开拓创新精神远播四方，倡导关爱、追求奉献、乐于助人、践行大爱的良好社会风气也为世人所称誉。每逢自然有灾，同胞有难，深圳人踊跃捐助，不遗余力。爱心所及，遍布深圳内外，救助善举可谓感天动地。连绵不绝的关爱行动已成深圳活的文化，新的传统。

我们深知，深圳的关爱之路任重道远，仍需全体市民努力。我们愿意和全体市民一道，践行扶危助困、雪中送炭、风雨同舟的关爱理念。让我们继续关爱每一个人的生存，关爱每一个人的尊严。地不分东西南北，人不分男女老少，让我们凝聚更多爱心，生生不息，传递温暖与希望。关爱是和谐社会的主旋律，是可持续发展的进行曲，是传播以人为本理念的嘹亮歌声。让我们在这雄浑而又温馨的歌声沐浴下，伸出你的手、我的手、我们所有的手，挽住所有的需要关爱的手。

深圳充满关爱，关爱需要行动。让我们以此共勉。

灵魂的歌者

　　我们共同向一个英年殂逝的朋友告别，向一个高尚而完美的灵魂表达悼念和敬意，我们这座城市因为失去他而长久地沉痛，并且希望通过与他的亲人分担悲伤而在矢志向他学习的同时，追溯和强化深圳的精神动力。

　　丛飞同志病逝的消息产生了震撼性的影响，无数人表达对他的挚爱、悼念和敬佩。不仅在于丛飞同志十几年来自甘清贫，而捐款捐物累计金额超过三百万元，资助生活困难的失学儿童和残疾人；不仅因为他致力于公益事业，进行公益演出超过三百多场，义工服务时间达三千六百多个小时；不仅因为他是 2005 年感动中国的十大人物、中国百名优秀青年志愿者、深圳市五星级义工、爱心市民和文明市民等等，而在于他用无私大爱所铸造的崇高精神境界和给社会传送的无限关爱和温暖，在于他正确认识世界，正确认识社会，正确认识人生的丰富精神内涵。我们会珍惜和记住丛飞所留给我们的每一个故事，这是诉说爱和坚韧的故事，是真正的深圳人、深圳英雄的故事。

在丛飞同志身患绝症的这段时间里，他与病魔顽强搏斗，用坚强的意志和乐观主义的精神以及对生活对亲人对受助者的眷恋创造了生命的奇迹。他也得到了爱的回馈和爱的拥抱；正像他关心许多的人那样，许许多多的人也关心着他。一个高贵灵魂的升华、飞翔，得到了丛林般的响应。

一位网友在网上留言说，"我们怎么也接受不了那个表情生动永远散发着灿烂微笑的人就这样离我们而去，他是我们城市中的一员，就像我们最爱的亲人那样"。他的女儿不停地问，爸爸到哪里去了，我为什么见不到他。是的，对于丛飞的父母、妻子和女儿而言，他们失去的是一个从小经历苦难而孝顺的赤子，一个相濡以沫的丈夫，一个慈爱的父亲。而对于我们的义工、我们的市民和一切敬仰他的人而言，我们则失去的是一个天使般的朋友、手足和兄弟！对于祖国和深圳而言，则失去的是一个好儿子、好市民。丛飞曾经深情地说过："从1994年来深圳的第一天起，我就热爱这座城市，我就把自己当成了一个深圳人。这里是我灵魂的家园，我离不开这座城市。"就在弥留之际，他仍然告诉妻子邢丹，假如有来生，我仍要做一个深圳人。感谢你丛飞，感谢你对我们共同生活的这座城市和人民的深深挚爱，你永远不可能和这座城市分离，你的精神就是这座城市的精神象征，并将永久地守护她前进和成长。

告别了，丛飞，我们永远不会忘记你，对于那些了解并热爱你的人来说，其悲痛将是深切的和持久的。我们宁愿相信，你作为一个歌手，在乘着歌声的翅膀，在爱的星空里建造了自己的归宿。那些受到你惠爱的孩子和困难的人们将依然受到关怀并坚强地生活。我们这座城市是那样的年轻但却深厚，在她短短二十五年的城市历程中，涌现出了贺方军、柳献共、郭春园等一大批志士仁人、英雄模范。今天，在这片热土上又产生了可爱的丛飞，我们还有大批这样的人物，我们还有成百上千万人参加的关爱行动，这就是这座城市的风格和正在形成的传统。

大爱无疆！

丛飞同志永垂不朽！

关爱，已深深镌刻在我们心里。

胡野秋 点评

过去的深圳更像是一个疆场，现在的深圳越来越像一座"城市"。

城市不仅是一个行政区域，不仅是一个建筑空间，而且应该是一个笼罩迷人情调的场所，而且应该是一个富有生活味的社群。

更重要的是，城市应该有与之匹配的市民。

市民分小市民和大市民，小市民虽斤斤计较却也不乏可亲，大市民则胸怀坦荡而兼济他人。深圳因为年轻，因为单纯，因为海纳百川，因为兼容并包，所以也就催生出深圳式的"大市民"。

丛飞自然算一个，在一座物质化的城市里，苛刻自己、善待他人，燃烧自己、点亮他人。他让"冷漠""疏离"这些冷冰冰的词汇融化，他的离去让一座城市为之哭泣。他曾经以成为这座城市的一员而骄傲，现在这座城市因为拥有他而骄傲。

他一直热爱唱歌，用生命唱歌。后来他的妻子邢丹也去天堂陪他了。

他们都是大市民。

深圳有越来越多这样的大市民。

奔跑吧，思想

　　解放思想一直是深圳以及深圳宣传文化最大的推动力，也是深圳不断实现超越的根本原因。作为全国改革开放的排头兵，深圳本身就是解放思想的产物。来自四面八方的移民汇聚这里，本身就体现了思想的解放，而移民社会所形成的新观念和巨大的想象力、创造力，使深圳成为发展最快、最活跃的地区。

　　解放思想不是一件容易的事，不能一蹴而就，需要转变观念，深化认识，长期努力。新一轮解放思想活动的目标是科学发展，核心是以人为本，一切都围绕人的发展。随着经济的发展，带来环境恶化、资源衰竭等诸多问题，如果单纯强调经济发展，上述问题无可厚非，但强调以人为本、可持续发展就不行。解放思想就是要在科学发展观的指引下，认识到事物的最深层次，如果认识不深刻，就会导致工作不坚决、不彻底；解放思想就是要在观念上进一步解放，破除思想、机制、体制各方面的障碍，以解放思想促进大改革和大发展。

经济发展到一定程度后，软实力就成为决定性因素。深圳要做到与世界一流水平"叫板"、同世界名城媲美，软实力是关键。深圳一方面要继续向国内先进城市学习，一方面要瞄准具有一流城市软实力的国际城市，但我们绝不亦步亦趋去效法，而是取其所长，为我所用。

对于改革开放，深圳人民最有感情，最有发言权，而改革开放本身就是解放思想的成果。让思想，奔跑起来，以"舍我其谁"的精神，再缔造一个关于深圳的传奇。

生于忧患，死于安乐

孟子云："生于忧患，死于安乐。"

孟子在前面先举了六个人的例子，六个人都是由最普通的人变成了帝王将相。"舜发于畎亩之中，傅说举于版筑之中，胶鬲举于鱼盐之中，管夷吾举于士，孙叔敖举于海，百里奚举于市。"然后引出千古名句："故天将降大任于斯人也，必先苦其心志，劳其筋骨，饿其体肤，空乏其身，行拂乱其所为，所以动心忍性，曾益其所不能。"接着，他又给了大家一段教训。"人恒过，然后能改"：人只有看到自己的过错，才能改正。"困于心，衡于虑，而后作"：什么事情都要想透了之后，才能有所作为。"征于色，发于声，而后喻"：认真地分辨别人发出的声音，察言观色，才能真正明白别人要说的真心话是什么；要仔细地观察，认真地对待。"入则无法家拂士，出则无敌国外患者，国恒亡"：如果在单位里，没有各方面的骨干去支撑，遇到困难的时候敢于挺身而出，在成绩面前还敢讲真话，找毛病；在单位外，没有人跟你竞争，唯你独尊，那么这个单位一定会灭亡。最后引出"然后知生于忧患，而死于安乐也"。

回顾这篇文章，以训诫和勉励自己。

胡洪侠 点评

可不可以将"忧患"和"安乐"也看做城市文化的属性呢？如果可以，那么，"忧患文化"发达的城市，将生；"安乐文化"发达的城市，将死。我曾经想，深圳这座城市，有过许多的奇迹与光荣，也有过许多大大小小的灾难。每逢灾难过后，这座城市都应该立一座碑，以警醒自己，昭示后人。比如"8·5"大爆炸，比如股市骚乱，比如致丽玩具厂火灾，比如富士康的"连跳"，比如"5·26"车祸等等，都应该立碑以铭记。然而很难。我们习惯于忘记忧患。忧患并不危险，忘记忧患才危险。不识忧患滋味，所有的安乐终将是浮云。

致支教者

你可曾在梦中对家人娓娓诉说，

这是一次无悔的抉择；

你像一颗新星，

先是默默地注视等待，

突然跃入疏阔的银河。

于是——

你在阳光下升起一个明亮的微笑，

我敬佩你，你是支教者。

你就是自己的宣言，

宣布对过去某些东西的割舍，

宣布某些追求与寄托的开始，

宣布昨天的太阳属于昨天，

明天又是一个崭新的誓言。

正是春天开始的时候，

大山，还是苍凉和孤寂的；

但你却看到山里有活泼的奔跑、有山泉的吟唱。

你一路走去，

山就开始变绿了，

鸟儿开始歌唱，

鸟亮亮的眼睛，注视着你，

发出笑声、发出吟诵。

有人在讲述别人的故事，

你只关注明天的召唤；

有人在埋怨命运的摆布，

你却扯弄着命运的风帆；

有人在筑起的小巢里满意啁啾，

你却风尘万里奔向大爱的远山。

你镇定地走去，

迎着强劲的太平洋盛风。

满街是飞驰的生活，

一切很喧闹又很孤独、很多彩又很单一，

依然有许多的不完美缠绕着你。

穷困、荒凉、落后，

但这是一种新的不完美，

不怕的，

什么也无法抗拒一轮正在升起的太阳！

记住：

昨天的太阳属于昨天，

明天又是一个崭新的誓言！

邓康延 点评

　　在穷乡僻壤、乡学陋室，走来一个个、一批批富饶大都市的聪慧使者。这种巨大的反差在时代的眼里心里。他们不再是被迫上山下乡的知青，而是带着公民意识、爱与悲悯的纯净一代。穷困的学校和堂皇的都市都感谢他们，我却听到他们中许多归来者说感谢这次经历。

　　这是温暖与忧伤交织、失望与希望缠绕的一课，课堂设在全中国。

飞扬的旋律

近二十年来，深圳的歌曲创作成果喜人，引起人们广泛关注，从 20 世纪 80 年代涌现中国第一批流行音乐作品、作者和歌手，到 20 世纪 90 年代创作《春天的故事》《走进新时代》《祝福祖国》等反映中国改革开放最强音的精品力作，以及进入新的世纪推出《又见西柏坡》《亲爱的中国越来越美丽》《在灿烂阳光下》等一批优秀歌曲，深圳人的歌声里总是跳跃着我们民族和时代最活跃的音符和最激情的旋律，饱含着我们对美好生活最殷切的期望和最深情的祝福！

歌曲是可以吟唱的诗，是音乐和语言相结合的艺术，自古以来，"诗言志，歌永（咏）言"，"歌，咏其义以长其言"；今天，歌曲更是时时刻刻弥漫在生活之中，好的歌曲不仅抒情言志、赞美生活、讴歌时代，而且穿越时空激发人们情感的共鸣，激励人们为美好的理想而奋斗。

我们感谢生活，生活是我们创作的源泉；我们热爱深圳，这块土地给了我们创作的激情；在未来道路上，让我们携手同心，歌声飞扬！

胡洪侠 点评

深圳确实创造出了不少"飞扬的旋律"，像《春天的故事》等等之外，这几年又多了一首《走向复兴》。但我总觉得仍然缺少一首歌。这首歌该叫《深圳》，或者歌名中有"深圳"二字。这首歌应该能够携带"深圳"二字广为传唱。像《卡萨布兰卡》，像《莫斯科郊外的晚上》。

关爱：不凋零的暖阳

深圳关爱行动，如永不凋零的暖阳，温暖着这座城市的每一颗心灵。

关爱行动已经深入人心，成为深圳精神文明建设的一个优质品牌活动。关爱行动启发了人们的善心，点燃了爱心的火焰，有慈善心的人越来越多，奉献精神充满了城市的大街小巷。深圳确实是一个充满爱心的家园，一座因为有爱而使人感动、受人尊重的城市。

深圳关爱行动规模的不断扩大、参加关爱行动的队伍越来越长，说明慈爱的力量可以增强，爱心可以传递，在爱心大树苗壮成长的时候，感恩的鲜花也在开放。我们欣喜地看到，那些曾经受到关爱的人，怀着感恩的心，带着家人、亲戚和朋友，也投入到关爱他人、回报社会的行列中。关爱与感恩，同出于仁和善的源泉，互相促进，融汇起来，使爱心和奉献的涓涓小溪变成了滚滚洪流。

感恩是人类的美德。懂得感恩的人，是幸福的人；懂得感恩的民族，是有希望的民族。中华民族自古以来就有知恩图报的优良传统，"滴水之恩，涌泉相报""施惠毋念，受恩莫忘""谁言寸草心，报得三春晖"，这些格言充分体现了中华民族对感恩的认同和崇尚。

当前，我们弘扬城市人文精神，建设和谐社会，更离不开关爱和感恩精神的培育。我们希望更多的市民奉献爱心，也希望更多的人懂得感恩：对帮助过自己的人要说一声谢谢；对养育我们的父母要十分孝顺；对深圳这块生活创业的土地要从心底里热爱；对祖国和民族要永远忠诚！让关爱和感恩的思想深入人心，让我们的家园因为有爱而温馨，让我们的社会因为充满了关爱和感恩的情怀而美好和谐！

尹昌龙　点评

　　"不凋零的暖阳"——一个诗意的名字，让人感受到关爱的温度。

　　深圳没有冬天，不仅因为她置身于祖国的南方以南，更因为她拥有让人们感动的爱的力量。关于爱，有太多典籍和格言，但京生先生告诉我们，它有一个不可撼动的最基本原则——感恩。而眼下的社会，最缺乏，也最需倡导的就是感恩。得到就好，"端起碗来吃肉"被认为是应该的，没有得到，则"放下筷子骂娘"。这种世风让人警惕，让人忧思。因为大自然承载着我们生存的所在，所以我们对大自然感恩；因为亲人养育了我们，所以我们对亲人感恩；因为朋友帮助我们，所以我们对朋友感恩；因为社会呵护着我们，所以我们感恩社会。

　　有两种情怀与感恩相伴，一种是敬畏，对那些给我们阳光、雨露，给我们帮助、安慰的人与物，大到自然小到个人，对这种无私力量，我们敬畏。另一种情怀是内疚，我们得到太多帮助，我们得到太多关爱，而我们要一直深深反省我们用什么来回馈，我们用毕生之力都难以回报那些无限的恩情，所以我们永远心存内疚，亦如我们永远心存感恩。

四季，红马甲

古代先哲说过的一句话："老吾老以及人之老，幼吾幼以及人之幼。"能够爱戴自家的老人，就一定会敬爱别家的老人；能够爱护自己的孩子，就一定会热爱别人的孩子。这是中华民族生生不息、一直延续的传统美德，而这种美德就是构建和谐社会的基础。

深圳是全国最早建立义工组织的城市。深圳义工组建之初，只有很少的几个人。还记得当时我有一个同事，就参加了最初的义工组织。他当时刚到深圳不到半年时间，生活还没有安定下来。加入义工组织以后，他开始给社会上的很多人做好事、做服务，很让人感动。特别是我观察到他变得越来越祥和、越来越安静、越来越有一种自信。这在新移民中是比较少见的。而今天，我在诸位特别是穿红马甲的朋友们身上，又看到了这一份祥和、这一份幸福、这一份安静和高尚。

深圳已经有注册义工十七万多人，是目前人均义工比例最高的城市。"赠人玫瑰，手有余香"的义工精神，也早已深入到每一个市民的心中。在街头、在小区，一个个鲜艳的红马甲，已经成为这座城市最美的风景。

近年来，我一直在思考一个问题，为什么义工首先在深圳发展起来？为什么在一座商品经济这么发达的城市里面，在人们都忙忙碌碌从事各种事业，或者说淘金者遍野都是的时候，还有这么一批人奉献自己的爱心？这是深圳精神的体现。但是作为一座城市的精神，作为我们每个人的精神反映，我们每个人为什么会这么想？这是一个非常值得思考、也很深刻的问题！深圳这样一座经济高度发达的城市，这样一座年轻的城市，这样一座全国各地南来北往的人聚集起来，大家本来不熟悉的城市，却诞生了义工精神和义工队伍，诞生了一种大家互相关爱的气氛，这究竟是为什么？这是值得我们去深刻思考的。

　　大家一定还记得丛飞，他是深圳义工最杰出的代表。在他追悼会上的主持词里，我造了一个词叫作"大爱无疆"，来概括和形容他的善行。真正有爱心的人，他的爱是不分彼此的，是无限蔓延的，是把别人的生命与自己的生命一样去尊重、去重视的爱。

　　爱，让我们的城市充满了友善、温馨，处处洋溢着文明的气息。在接受中央文明办组织的"城市公共文明指数"问卷调查中，深圳的市民展现出良好的文明素质。测评组在做入户问卷调查时，调查对象是随机选择的，时间是晚上七点到十点。一些家庭，特别是有孩子的家庭一般十点钟就睡觉休息了。但调查员发现，他们敲过的门几乎全部打开了。深圳一千多户接受入户调查的家庭中，没有一家门是关上的。深圳人所展现的开放、友善与文明，让调查员们非常惊讶和钦佩。

　　在举办"文明城市形象推广语"征集活动中，除了专家提意见外，广大市民也参与到文明推广语的征集中来。征集文明推广语的消息当天晚上刚发布不到两小时，就收到两千多条。随后几天每天都增长几千条。这充分反映了广大市民对文明城市创建工作的期盼、支持和参与热情，非常令人感动。

通过这些事，说明了全市上下有一个积极创建文明城市的良好气氛。而义工的产生、发展与行动，就是这种良好氛围的重要组成部分。义工是我们文明城市真正的象征，她的产生与发展铸就了这座城市的基础和光荣。今天，看到深圳义工队伍由弱到强，形成这么大规模，看到这么多注视的眼光，我对深圳再一次成为文明城市有了更大的信心！

尹昌龙 点评

满城的红马甲是个很好的气象，也是让我们感动的人和事。但文章告诉我们的不仅是一种感动人的力量，还有与这座城市相伴的一种疑问：为什么在一个市场经济最发达的城市，在一个陌生人汇聚的城市，反而充满了关爱？市场讲利益、讲交换，这些可能与关爱无关。一个陌生人汇聚的城市，在地理上离故乡很远，在心理上与他人也很远，心与心是远的。为什么在这样的地方却充满关爱？

也许我们该纠正一个偏见了，那就是市场经济一定会使人的目光局限在利益上。长期以来，对财富的妖魔化，使我们觉得在讲究效率、利益、经济的地方，关爱是缺位的。深圳提供的事例可能是一个反证。

过去讲"亲兄弟明算账"，这句话如果反过来也许能这样说："明算账才能出亲兄弟。"越是将规则讲明，反而越有建立在规则之上的关爱与同情。反而是那些与市场经济格格相悖的潜规则，成为阻碍我们关爱的力量。

用爱造一座城

英气勃发的深圳，正步入形成自身城市品格和文化特质的关键历史时期。深圳的目标，是追寻一种融合了血性和理性，力量型、智能型的城市文化。而"关爱、感恩、回报"精神，将是这种城市文化的重要元素。高山仰止，景行行止。仁者之爱，推己及人。深圳把关爱、感恩、回报高扬在自己的旗帜上，融化在市民的血液中。

关爱、感恩、回报，已成为我们这座城市的道德境界和文化品格。三十多年来，万千移民涌来深圳，和原居民一起，共享改革开放的阳光，奋斗在深圳所提供的时代大舞台上。他们告别家乡、艰难跋涉，面带微笑、征服困境，取得成功后又开始新的创造，在实现自我价值的同时，也自发地产生了"关爱、感恩、回报"的朴素情感。经过多年的教育引导、实践强化，关爱、感恩和回报的道德准则，已化为深圳市民的道德意识和行为方式，升华为深圳人的群体意识和自觉行动。每一个深圳市民，都怀着一颗感恩的心，通过各种方式感恩社会，回报人民。大爱无疆，真情无价。

关爱、感恩、回报，已成为每个深圳市民的真情流露。在我们这座市场经济率先发展的城市，在人们都忙忙碌碌从事各自事业的状态下，关爱、感恩、回报让义工首先在深圳发展壮大起来，让无数的市民去关心他人、奉献爱心；关爱、感恩、回报让我们的城市境界高远，人民道德升华、心灵纯净。每当祖国和人民需要的时候，比如1998年抗洪抢险、2003年抗击"非典"，2008年初抗击雨雪冰冻灾害以及抗击"5·12"特大地震灾害，深圳都义无反顾承担责任，向灾区人民伸出无私的援助之手。

怀大爱心，做小事情。在爱的感召下，我们亲如一家；在心的呼唤下，我们情同手足。我们用关爱、感恩、回报，书写着这座城市精神文明的新坐标，塑造着这座城市的灵魂和品格。让我们继续前行，以爱为砖瓦，把深圳铸造成受人尊重的关爱之城、包容之城、文明之城、和谐之城。

胡野秋 点评

深圳是共和国最小的儿子，所以它的字典上有一个词分外夺目"反哺"。

因为四面八方养育了它，它便成为一个具有自觉精神的反哺者。

每有灾难，便有来自南国的温暖。在这座城市里，更多的人会帮助别人，即使改变不了贫富悬殊，但贫富之间可以有良性互动。每年横跨岁末年初的"关爱行动"，让这里的冬天不太冷。

用爱造出的城市，才是真正宜居的城市。

胡洪侠 点评

文中"深圳的目标，是追寻一种融合了血性和理性，力量型、智能型的城市文化"，让我沉思良久。尤其"血性"一词，令人动容。"血性"所展示的，其实是精神力量，是阳刚之气，是"大争"之大智慧，是明亮的苍茫，是高贵的沧桑，是如在目前的高远，是时而沉默时而怒吼的壮阔。学者孙皓晖写了一部六部十一卷的长篇历史小说《大秦帝国》，有评论说：《大秦帝国》是一部精神本位的大国兴亡录，讲述的是来自中国原生文明时代的英雄风骨与本色灵魂！在国家昌盛的时候，要培育健康、硬朗、阳刚的文化，要时刻挑灯看剑，怀大漠孤烟、长河落日的雄壮情怀，而不能沉醉于阴柔文化的享乐。一个国家一个民族如果失去了向上的动力，失去了强悍的精神，失去了奋发的激情，那么这个国家这个民族必然开始走下坡路了，这是历史的必然选择，不管你处于什么样的制度，也不管你有多少财富和军事实力，精神和文化状态决定一个国家一个民族的兴衰存亡。我们应重新走进两千多年前那个充满竞争和阳刚大美的战国时代，寻找自强的智慧。果如是，则《大秦帝国》必是一部"血性之书"，我们都该读读。

初版后记：风雨中走过就不回头
——写给我亲爱的朋友们和我们共同创办的杂志

在结束这本书的时候，我想说如下一些话。这些文章绝大部分是《深圳青年》的卷首语，它断断续续写了八九年，每月一篇，放在这本杂志的第一页。它是短小和粗糙的，但却表明我作为一个移民的主张和态度。而正是无数像小溪入河、像春潮破冰排山倒海而来的移民为这座城市注入了源源不绝的动力，并展示着中国人一种新的人生诉求和态度。我为之骄傲过、呐喊过，并愿意贡献这一点素材。再过几十年，站在这座城市的最高点上俯视，我们将肯定地惊叹，它已经面目全非，正如我们在二十年前甚至是十年前无法想象这座城市今天的面貌。但是，深圳人文精神发展的历史，将无可动摇地证明，这座城市崛起的这二十年甚至十年，是它永不会磨灭的辉煌时期。拓荒者一批一批地到来，把自己的痛苦与希望，迷惘与尊严，深植在这里。有的永远掩埋地下了，甚至连墓碑都没有，而更多的则是鲜花般地怒放，长成绿阴如屏的大树，拔地而起的高楼，化作永远守卫着这座城市的精神与意志。正如五月花号上的那些清教徒，经过风浪的颠簸，终于踏足新大陆，并把今日的美国建设成为世界的"山巅之城"那样。当我们欣赏那些移民所创造的奇迹的时候，我们不但赞叹那经济的高度繁荣，也以钦佩的目光注视它所结出的文化智慧之果。感谢那些多年来与我同行的亲爱的朋友们，正是与这批朋友们一道，我们创办了《深圳青年》杂志，并把梦想与希望植培在这片精神家园里。每当翻起这份杂志的时候，我就会想到当年在深圳一起工作的同事，正如我在《朋友如月》一文中所说的，"与那义气纵横，果敢坚毅的人结而为友，真是人生一大幸事"。他们永远是我记忆中最珍贵的收藏。往事如烟，永远不变的是当年的情怀。在这本书里，再一次和这些朋友聚会，身上便浴满清辉，心中便有了无限的宁馨欢愉。时间是不可逆的，新的人生旅程开始了，展现在眼前的又是新的人群、新的风景。风雨中走过就不回头。就此打住。

图书在版编目（CIP）数据

真理是朴素的 / 王京生 著. -- 北京 ：作家出版社，2013.3

ISBN 978-7-5063-6805-6

Ⅰ. ①真… Ⅱ. ①王… Ⅲ. ①散文集– 中国 – 当代

Ⅳ. ① I267

中国版本图书馆CIP数据核字（2013）第002422号

真理是朴素的

作　　者：王京生

统　　筹：扈文建

责任编辑：罗静文

装帧设计：鸿毅工作室

出版发行：作家出版社

社　　址：北京农展馆南里10号　　　　邮　　编：100125

电话传真：86-10-65930756（出版发行部）

　　　　　86-10-65004079（总编室）

　　　　　86-10-65015116（邮购部）

E-mail:zuojia@zuojia.net.cn

http://www.haozuojia.com（作家在线）

印　　刷：三河市紫恒印装有限公司

成品尺寸：165×235

字　　数：180千

印　　张：28.5

版　　次：2013年3月第1版

印　　次：2013年3月第1次印刷

ISBN 978-7-5063-6805-6

定　　价：68.00元